내가 그대를 사랑합니다

손힘찬(오가타 마리토) 지음

RISE

목차

Chapter 1. 연인에게 하고 싶은 말

Chapter 2. 가족에게 하고 싶은 말

Chapter 3. 친구에게 하고 싶은 말

Chapter 4. 나 자신에게 하고 싶은 말

내가 그대를 사랑합니다

고대 그리스인들은 인간 본래의 모습은 4개의 다리와 4개의 팔, 2개의 머리와 2개의 심장을 갖고 있다고 여겼다. 그런데 오늘날 인간은 불완전하게 태어났기에 본래 모습으로 돌아가려는 습성이 있는데, 그게 바로 사랑이라고 믿었다. 그만큼 고대 그리스인들에게 사랑은 나의 부족한 부분을 채워줄 수 있을 정도로 애틋하고 아름다운 것이었다.

사랑은 다양한 모습을 지니고 있다. 기쁨과 환희, 즐거움과 편안함, 고통과 슬픔 등 결코 한 가지 모습에 국한되지 않으며 어떤 사람, 어떤 상황에서도 발생한다. 사랑은 끝나기도 하고 끝내기도 하는데 사람마다 강도는 다르지만, 끝내짐을 당한 사람은 심연(深淵)처럼 깊은 상실감에 빠져 좀처럼 우울감에서 벗어나지 못하게 되곤 한다.

이처럼 사랑은 수많은 형태와 복잡 미묘한 감정으로 우리를 자극하기에 사랑이라는 이름 아래 인생의 희로애락(喜怒哀樂)을 겪게 된다. 또 사랑은 순수하면서 동시에 강렬한 에너지를 지닌 감정이기에, 내가 사랑했던 사람(연인, 친구, 배우자, 부모, 자녀 등)과의 추억을 회상하고 기억하면서 내 삶의 인생 이야기를 새롭게 쓸 수도 있다.

철학자 쇼펜하우어(Schopenhauer)는 "인간은 본능적으로 자신에게 부족한 점을 메꾸어 완벽하게 만들고 싶은 욕구가 있으며, 이것은 사랑할 때 가장 확연하게 드러난다"라고 말했다.

이 말은 우리는 자신에게 부족한 점을 소유한 사람을 찾게 되고, 그런 사람이 나타났을 때 상대를 정열적으로 사랑하게 된다는 뜻이다.

나는 사랑의 힘은 모든 것을 초월한다고 믿는다. 사랑하기 때문에 상대를 용서할 수 있고, 자기희생도 가능하게 되며, 동시에 이타심을 갖게 된다. 지금 우리가 사는 세상은 생각만큼 아름답지 않다. 남이 잘되는 것을 보면 시기와 질투심에 그를 헐뜯고 깎아내리는 모습을 자주 봤을 것이다.

그런데 그 과정에서 자신의 가치를 부정당하고, 자기혐오에 빠져 자기 존재마저 부정하게 된다. 날개를 펼쳐 이 세상을 자유롭게 활보할 수 있음에도 불구하고 상처를 받은 탓에 마음의 문을 열지 못하고, 마주해야 할 일을 회피하며 도망가기도 한다.

사랑은 우리의 잃어버린 영혼을 되찾아주는 원동력이다. 인생의 활기를 되찾아주고 순수한 나의 모습을 잉태해주는 경이로운 감정이다. 세상에 수많은 사람이 사랑에 실망하고, 두려워서 다시 사랑하고 싶지 않은 이유는 단지 오해했기 때문이다.

또한, 진정한 사랑을 하지 못했고, 믿었던 사람에게 배신당했기 때문일 것이다.

영화 〈쇼생크 탈출〉에서 주인공 앤디가 말한다.
"희망은 좋은 것이죠. 가장 소중한 겁니다. 좋은 것은 절대 사라지지 않아요."
나에게 있어 사랑은 희망과 같은 것이었다. 손에 쥐고 싶어도 나에게서 점점 멀어지는 환상 속의 무언가였다. 그런데도 나는 포기하지 않고 늘 찾았다. 외로움과 가난함, 치열한 삶 속에서 이것마저 놓으면 내가 존재하는 의미가 사라지는 것만 같았으니까.
누군가는 사랑받기 위해 태어난 존재라고 하는데, 그때의 나는 태어남의 이유를 부여받지 못했기에 살아가는 세상에서 불필요한 부속품이라 스스로 여겼다. 하지만 희망의 긴 여행을 떠났고, 그때 만난 나의 형제와 더불어 사랑하는 사람을 만나면서 생명력을 잃은 내 낯빛이 밝아지기 시작했다. 이제는 행복하다고 말할 수 있게 됐다. 그리고 나 자신에게도 떳떳이 말했다.

"잘 정진(正進)해왔구나. 살아있길 잘했다. 포기하지 않기를 잘했다. 잘 살아왔다."

이 책은 내가 사랑하는 모든 이에게 가슴 한편에 묻어둔 진심을 전할 수 있기를 바라며 집필을 시작했다. 우리는 모두 저마다 가슴속에 묻어둔 마음이 있다. 감정 표현을 하지 않은 탓에 묻어두었던 그 소중한 말 한마디가 있다. 바로 말하고 싶었으나 용기 내지 못해 전하지 못했거나, 이미 전할 수 없는 관계가 되어버렸거나 그 사유는 다양할 것이다.

그럼에도 불구하고 우리 모두 자신의 마음을 담아 글로 전하고, 직접 두 눈을 마주하며 이 말 한마디를 전하자.

사랑하는 연인에게
사랑하는 가족에게
사랑하는 친구에게
사랑하는 나 자신에게

"내가 그대를 사랑합니다."

손힘찬
(오가타 마리토)

Chapter 1.

연인에게 하고 싶은 말

"한철 사랑은 지나가지만
계절이 쌓여 우리 인생이 되듯이,
사랑은 지나가도 아름다운 추억을 남긴답니다.
사랑하는 이에게 사랑을 건네는 일에
망설임이 없기를 바라며."

여는 말

한참의 세월이 흘러 언젠가 20대 시절의 사랑을 떠올리면, 아무 망설임 없이 당신이 생각날 거예요. 자기중심적이고 이기적이었던 내가, 상대를 배려하며 행동할 수 있었던 것들은 모두 당신이 내게 알려준 것이었으니까요.

하지만 하필 새싹이 돋아나는 봄철처럼, 그때의 나는 어리고 미숙했어요. 내가 받은 것을 어떻게 돌려주어야 할지 몰라 그저 부족하다는 이유로 상황을 모면하고, 힘들다는 이유로 도망갔으니까요.

사랑을 정의 내리라고 한다면 분명 당신을 생각할 수밖에 없을 거예요. 사랑을 주는 건 받아봐야 알 수 있다는데 행복과 슬픔, 기쁨과 상실은 모두 당신 덕에 알게 된 것들이니까요.

우울감에 휩싸인 내 마음 문을 열고 들어와 준 당신의 용기로 인해, 나는 내 곁의 소중한 사람들에게 다가갈 수 있는 사람이 됐어요. 내 사람을 위해서는 기꺼이 내 시간과 마음을 내어주는 버팀목이 되어주고, 때로는 기댈 줄도 아는 사람이 됐어요. 나는 당신 덕분에 잃고 있었던 평범한 인간성을 되찾았어요.

내가 글 쓰며 노력하는 과정에 당신이 있었고, 나는 그 덕에 지금까지 올 수 있었습니다. 이제는 욕심 내어 사랑하는 사람에게 아낌없이 물질적이든 정신적이든 해줄 수 있는 사람이 됐네요. 그리고 사랑의 감정이 낯설어 겁이 많았던 내게 큰 깨달음이자 한 가지 문장을 자연스레 떠올리게 해주었어요.

'사랑하길 잘했다.'

01.

사과했다.
잘못해서가 아니라 사랑해서

오늘도 어김없이 많은 사랑이 새롭게 탄생하고, 또 그 끝을 향해 달려가고 있다. 이는 자연의 섭리이기 때문에 나는 덤덤하게 받아들인 지 오래이긴 하나, 한 가지 슬픈 사실만큼은 받아들일 수 없다. 바로 그 많은 이별 중 대부분의 이별은 정말 끝났어야 할 사랑이 아니라는 것이다.

서로 연애를 하며 사랑의 감정을 주고받고, 서로의 인생에 중요한 사람이 되는 것에는 필수적으로 마찰을 수반한다. 다르게 살아온 인생에 서로를 받아들이는 일종의 담금질 같은 것으로 생각하면 된다. 투박하던 철을 녹여 멋있게 디자인하고 그 모양으로 굳을 수 있도록 망치질하는 것을 담금질하듯이, 다른 서로를 받아들이는 과정은 망치 소리가 요란할 만큼의 잡음이 존재하는 것이다.

　그 마찰이 생겼을 때 누구 하나가 먼저 마음의 갈증을 해소하고 목을 축인 뒤 기꺼이 상대의 고통을 안아줄 줄 알아야 하는데, 아무래도 쉬운 일은 아니다. 사람이라면 누구나 자존심도 있고, 자신이 옳았다고 증명받고 싶으니까.

　이는 누구 하나의 됨됨이의 문제가 아니다. 오히려 사랑을 위해 기꺼이 그렇게 한 이가 대단한 것이지. 그렇기에 아직 끝날 사랑이 아니었음에도 누가 먼저 기꺼이 그렇게 하느냐의 눈치 싸움 때문에 사랑이 끝나는 건 참 비탄한 일이 아닐 수가 없다.

진정한 사랑을 갈구하는 모든 이들에게 하고 싶은
말이다. 나로 인해 상처받은 사람에게 사과하는 것에
망설이지 말자.
　자존심이 용납을 안 할 때가 있다는 것도 안다.
　모든 것이 내 잘못이 아닐 때가 있다는 것도 안다.

　손바닥도 마주쳐야 소리가 나지 않던가.
　분명 그 사람도 그 사람만의 잘못을 했을 것이다.
　그렇기에 시시비비를 따지고, 각자의 잘못을 따져
보고 싶을 것이다.
　하지만 그 사람을 진심으로 사랑한다면,
　그냥 먼저 사과하자.
　그깟 자존심이 뭐가 중요한가.

　진심 어린 사과 뒤에는 하찮은 자존심 따위가 아
닌, 더 값진 '유대감'을 얻을 수 있게 된다.

내 기분에 대한 보상을 받기 위해 기꺼이 사과받아
야 할 때도 있지만, 이 사람과의 소중한 관계를 위해
기꺼이 포기할 줄도 알아야 한다.

사과하자.
미안함을 담아, 사랑을 담아.
그럼 어느덧 상대 또한 누그러진 마음으로
당신에게 사과하고 있을 것이다.

값진 인연이란 이런 것이다.
건넬수록 상대방 또한 나를 배려하는 것.

02.

사랑의 마음가짐

부부는 안 맞으면 맞춰가고, 연인은 안 맞으면 헤어진다. 어디에서 진정한 사랑에 대한 가치 차이가 오는 것일까? 물론 결혼한 이들은 절대적으로 진정한 사랑을 나누고 있고, 연인은 상대적으로 부부보다 서로를 덜 사랑한다고 말할 수는 없다. 각자의 사정이 다를 수 있으니까. 그런데도 분명하게 말할 수 있는 것은, 부부가 되겠다는 결심은 더 크나큰 결심이 필요하다는 것이다.

우리는 언제 이런 사랑의 결심을 내릴 수 있을까? 영원한 사랑은 없다지만, 그 사람의 곁에선 영원을 믿고 싶을 때이다. 긴 인생도 그 사람의 옆에선 찰나에 불과하다고 느껴질 때이다. 물리적으로 시간의 끝이 정해진 삶 속에서 조금이라도 더 이 사람과 함께하는 순간이 길어지기를 바랄 때이다.

진짜 사랑에 빠지면 세상이 달라진다. 회색빛이었던 세상이 화사해지고, 그 사람 하나 때문에 울적하던 삶이 행복해진다. 그러니 자신이 사랑하는 사람이 곁에 있을 때 그 사람의 가치를 잊지 말아야 한다. 우리는 너무 쉽게 그 가치를 잊곤 한다. 너무 쉽게 이별을 말하고, 너무 쉽게 또다시 사랑을 시작한다. 아직 누군가를 다 잊지도 못했는데도 말이다.

사랑을 쉽게 끝내기 전에 그 사람이 원래는 나에게 얼마나 소중한 존재였는지 생각해보자. 연애 초, 한 번이라도 더 보기 위해서 그 사람에게 얼마나 시간을 할애했는지 떠올려보자.

변한 건 사실 나 자신이라는 걸. 사랑받아 마땅한 나의 그대는 여전히 처음처럼 빛나고 있다는 걸. 그저 그 사실을 잠깐 망각했다는 걸.

　중요한 건 마음가짐이다. 진정한 사랑을 원한다고 하면서 정작 쉽게 이별을 내뱉는 이가 어떻게 진정한 사랑을 찾을 수 있을까?

　사랑하고 있지 않은 이들에게는 두려움을 이겨내고 새로운 사랑을 찾을 용기를. 사랑하고 있는 이들에게는 참된 사랑을 놓치지 않을 현명함을. 잠깐 방황하고 있는 이들에게는 소중함의 가치를 잃어버리지 않을 뚜렷함을.

　'당신의 사랑이 언제나 안녕하기를 바랍니다.'

03.

가장 빛이 나는 너에게

 넌 모르지. 네가 얼마나 빛이 나는지. 감정을 숨기는 법을 전혀 몰라서 날 바라볼 때, 눈 안에 은하수를 담고 날 바라본다는 걸. 눈 안에 은하수를 담고서 지평선 너머에 있다는 듯 내 눈을 응시하면, 목소리를 내지 않아도 난 네 목소리를 들을 수 있다는 걸.

세상에 영원한 건 없고, 영원한 건 '모든 게 영원하지 않다'라는 것뿐인데. 너는 왜 그 진리를 어길 것처럼 내 손을 잡아주는지. 꽉 쥐면 새어 나갈까 도망쳐도 옆을 보면 따라와서는, 내가 아는 한 지구에서 가장 환하게 웃어준다는 걸.

마음이 두려워 숨어있고 지친 이들이 너를 봐야 한다고 생각한 적이 있어. 자신의 감정에 이토록 솔직하게 살아갈 수 있다는 건 축복받은 삶이라는 걸 깨달을 테니까. 어떤 사랑은 간헐적이고, 그래서 사랑하는데도 바라보면 어색하고. 난 아직도 철없는 애고. 그래도 네 곁에 있으면 누구보다 자랑스러워지고 싶고. 넌 내 가치를 알게 해주고.

너는 모를 거야. 내가 숨겨둔 문장에 얼마나 너를 많이 담았는지. 사랑에 대해 이야기할 때면, 어떤 색으로든 네가 만든 형태가 조금씩이라도 늘 녹아있었다는 걸. 아무것도 모르는 너는 투정을 부리고. 난 또 딴청을 피우고.

영원할 수 있는 사랑을 믿고 싶은 날에는 난 어김없이 네가 보고 싶다. 너는 너무 빛이 나서 가끔 다가갈 수가 없다. 잡으려다가 놓칠까 봐 하늘로 손을 뻗는다. 손바닥으로 가린 태양 사이로 빛이 들어온다. 눈이 부셔 찡그렸다가 옆을 봐도 여전히 넌 곁에 있다. 달이 뜬 날에는 풀밭에 누워 미래를 또 이야기하고 싶다.

'나는 너를 언제나 떠나지 않는다.'

04.

사랑은 머리로 하는가,
가슴으로 하는가?

사랑은 뇌로 하는 것이지만, 사랑의 지속은 가슴으로 한다. 뇌는 인간의 모든 역할을 관장하지만, 그 모든 역할의 최종 도착지는 바로 적응하고 생존하는 것이며, 성공적인 생존의 척도는 바로 생물로서 '번식'을 했느냐 마느냐이다. 우리 주변에서 누군가가 아이를 낳았을 때 그토록 축하하는 이유도 결국 이와 같다.

새로운 생명을 축하하는 것이기도 하지만, 그 개체가 성공적으로 적응해내고 살아남았다는 것을 축하하는 것이기도 하다. 바로 그 번식을 인간의 개념으로 치환하면 번식을 위해 배우자와 애착 관계를 형성해야 하고, 그것을 우리는 보통 '사랑'이라고 부른다.

　인간의 뇌가 보여주는 사랑을 좀 더 자세히 들여다보면 세 단계로 구분 지을 수 있다.

[1단계] 사랑에 대한 간절함
: 아직 만나지 못한 상대를 계속 원하며 찾게 된다.

[2단계] 사랑의 시작과 몰입
: 도파민이 분비되고 교감 신경이 활성화된다.

[3단계] 애착 형성
: 서로 간 뇌 사이에 연결이 형성된다.

1단계는 보통 성(性)적인 욕망이 크게 영향을 끼친다. 우리가 아름답다고 생각하는 사랑보다는 '누군가를 만나고 싶다'라는 욕망이다. 2단계에서는 몸에서 도파민과 세로토닌을 분비하며, 상대방을 제외하고는 세상이 보이지 않는다. 일종의 환상 같은 세상에 살게 되기 시작하는데, 흔히 '눈에 콩깍지가 씌었다'라고 한다. 이때 상대방에 대한 감정 때문에 호르몬이 분비되며, 세상이 아름다워 보이는 것은 6개월에서 1년 사이로 유효기간이 있다고 한다.

　즉 우리가 생각하는 가슴 설레는 사랑은 유효기간이 있다는 것이다. 그렇다면 사랑은 유효기간이 지나면 바로 끝일까? 그렇지는 않다. 시간이 흐르고 더 이상 호르몬은 분비되지 않아도 3단계에 도달한다. 3단계에서는 상대방과 나의 뇌 사이에 연결이 생긴다. 즉 서로의 세계관을 공유하며 함께 하는 삶을 약속하게 된다. 흔히 이것을 우리는 정(情)이라고 부른다.

사랑에 대한 정의는 수없이 많다. 그러나 누군가를 찾아 헤매는 것도, 가슴 떨리는 것도, 더는 가슴 떨리지는 않아도 상대방과 연결돼 있어서 그 사람이 보고 싶은 것도, 이 모든 것을 뇌는 사랑이라고 말한다. 사랑은 가슴으로 하는 것이 아니라 실망했는가? 하지만 물리적으로 떨어져 있는 뇌가 서로 연결돼 있어서 '떨어져 있어도 그 사람과 같은 세상을 산다'라는 것, 이 또한 얼마나 낭만적인가.

05.

어떤 마음으로
사랑을 시작했는지

나는 지금까지 몇 번의 만남과 이별을 반복해봤지만, 아직 이해되지 않는 것이 하나 있다. 바로 새로운 사람을 만나는 건 반복할수록 지쳐가고 회의감이 느껴지지만, 왜 이별만큼은 아무리 반복해도 전혀 익숙해지지 않느냐는 것이다. 아니, 어떤 이별은 오히려 성숙해진 사랑을 한 만큼 더 아프게 다가온다.

만나면 반드시 헤어진다. 절대 이별하지 않을 것처럼 사랑한다고 해도 이것은 지금까지 변해오지 않은 하나의 진리와도 같다. 하지만 그런데도 우리는 다가올 이별에 아랑곳하지 않고 새로운 사랑을 시작한다. 그 끝에 있을 이별이 얼마나 아플지 알고 있지만, 사랑에 빠지면 감각이 마비된 채 그 사람만 눈에 보이는 것이다.

사랑의 끝을 맞이해 아파하는 지금의 나여도 만약 다시 당신을 처음 만난 그 순간으로 돌아간다면, 나는 다시 한번 당신에게 마음을 고백할 것이다. 왜 나에게 고백할 마음을 먹었냐던 당신의 질문이 떠오른다. 내 고백에는 이유가 없었다. '이유 없음이 이유'였다. 당신에게 사랑에 빠짐에는 이유가 없었다. 그것이 내 이유였다.

당신의 질문은 또 다른 질문으로 이어졌을 뿐. 그래서 사랑이라고 믿었다. 그렇기에 앞으로 다가올 이별에도 아랑곳하지 않고 고백할 수 있었다.

그것이 우리의 시작이었다. 사랑의 시작을 후회하지 않는다. 지금 이 아픔마저도 견뎌낼 각오로 시작한 사랑이었다.

이제는 안다. 사랑을 시작하겠다고 마음먹는 것은 이별의 아픔까지도 감당하겠다는 뜻이라는 것을. 순간의 달콤함을 위해서가 아니라 그 아픔까지도 감당할 수 있을 만큼 당신을 사랑한다는 뜻이라는 것을.

06.

사랑하고 있는 지금도 어떤 모습으로
기억될지를 떠올릴 것,
모든 사랑은 과거가 되기에

육 년 전 오늘 첫눈이 내렸다. 나는 너를 보고 싶다
고 생각했고, 이내 참지 못해 너를 향해 갔다. 너는
웃으며 나를 거부하지 않았다. 한 달이라는 이별의
공백 동안 너도 마치 나를 기다리고 있었다는 듯이.
너와 나, 두 몸뚱이를 욱여넣기에도 좁은 원룸. 좁디
좁아 우리는 바짝 붙어있을 수밖에 없었고, 함께 눈
이 내리는 걸 봤다.

보고 싶었던 걸 '보고 싶었다'라고 과거형으로만 내뱉다가 후회의 턱을 넘어 다시 함께 볼 수만 있다면, 그건 아주 축복받은 일이다. 아직 시간이 인연을 허락한다는 거니까.

육 년 전 오늘 쓴 일기를 봤다. 오늘 눈이 내렸단다. 그때 가슴이 설레어 미치고 터질 것 같아서 너에게 뛰어가던 내 모습. 잃어버렸던 설렘이 뭔지 문득 깨달았다. 첫사랑의 형태는 다양하다. 처음에는 못난 모습이었다가 세월이 흐르면서 형태를 잡아가더니 단정해져서는 좋았던 기억만 남아버린다.

좋았던 기억만 남는다는 건 좋은 일이어야 마땅한데, 첫사랑에 관해서는 꼭 그렇진 않다. 다시 붙잡을 일도, 함께 행복할 일도 없을 사람과의 행복했던 추억을 그리는 일이니까. 만질 수도, 볼 수도 없어 잊지 않으려고 캔버스에 너를 데생하는 일과 같으니까.

사람이기에 그리움의 인자(因子)를 가진 건 당연하지만, 나쁜 기억이 퇴색되는 건 숙명과도 같은 불행이다. 미워할 수 있는 사람을 끝까지 미워할 수 있는 것도 행운이다. 우리는 그렇지 못해 한 사람에 대한 기억을 다듬고 다듬어 고이 간직한다.

다시 한번 너와 눈(雪)을 보고 싶다. 이뤄질 수 없는 일을 바란다. 좁은 원룸, 갈 곳이 화장실 말고 어디 있겠는가? 그런데도 몸을 일으키면 어디 가냐고 묻던 네가, 이제는 다른 누군가와 눈(雪)을 볼 거라는 걸 안다. 갈 곳이 어디 있냐며 금방 오겠다던 나는 멀리 떠나왔다.

너에게 한 조각 좋은 기억으로 남고 싶은데, 나는 그러지 못할까 봐 두렵다. 네가 미워 죽겠다던 내가, 이제는 너의 마음 안에서 내가 어떻게 기억될지를 걱정하고 있다.

07.

시간이 허락된다면

당신은 손재주가 좋았다. 혼자 동대문 시장에 가서는 이런저런 부자재 거리를 사와 귀걸이를 만들거나 브로치를 만들었다. 또 어느 날은 남자들만 가득한 내 사무실의 칙칙한 분위기가 걱정된다며 은은하지만 향기로운 향이 퍼지는 캔들을 만들어 선물해주기도 했다. 그것이 귀걸이든, 브로치든, 캔들이든 당신 손만 거치면 그럴싸하게 만들어졌다. 생전 처음 만들어봤다는 게 믿기지 않을 만큼.

나는 당신이 이런저런 소일거리들을 찾아 나서는 것을 좋아한다고 생각했다. 너무 잘 만들었으니까. 당장 어디 내놓으면 모두가 달려들어 사고 싶어 할 만큼. 잘하는 만큼 좋아하는 거로 생각했다. 그런데 아니었다. 당신은 외로웠던 거다. 함께 하는 시간이 길어지고, 삶에 치여 내가 당신에게 집중하지 못한 만큼 우리가 함께하는 시간은 줄어들었으니까.

우리가 함께하던 시간이 줄어든 만큼 당신 삶에는 외로움이 들어찼고, 당신은 그 외로움을 무엇으로라도 해소해야 했으니까. 당신은 나와 함께하던 시간을 그리워하며 소일거리들을 찾아 헤맸던 거다. 내가 옆에 없는 외로움을 잊으려고. 무엇에라도 집중해서 외롭다는 사실을 잊으려고.

내 책상 위에 놓여있는 향 좋고 잘 만들어진 캔들은 외로움의 결과물이다. 외로울수록 당신은 더 열심히, 최선을 다해서 만들었던 거다. 나는 더 이상 캔들을 잘 피지 못한다.

당신이 만들어준 선물이기 때문이기도 하지만, 향이 외롭다. 당신의 외로움이 깊게 배어있다. 달콤한 외로움이 내 주변에 퍼지면 난 당신을 생각한다.

　나 없이 혼자, 우리가 늘 함께였던 집에서 혼자 캔들을 만들고 있던 당신만 생각하면 슬프다. 나는 아직 당신을 더 안아주고 싶다. 당신의 삶이 외롭지 않았으면 좋겠다. 이제야 후회하지만, 조금의 기회가 더 있으면 좋겠다. 이전의 외로움을 보상할 수는 없겠지만, 앞으로의 외로움을 안아줄 수는 있다.

　'내가 당신을 아직 조금 더 안아줄 수 있기를 바란다.'

08.

기억의 조각

카페를 운영할 때의 일이 떠오른다. 자그마한 지하 카페를 인수해 운영한 적이 있는데, 기억에 남는 손님이 있다. 작은 키의 한 남성분. 포항에서 무려 네 시간의 버스를 타고 암실을 찾아와주던 분. 늘 혼자 찾아와주던 분. 올 때마다 자그마한 선물을 챙겨 와주던 분. 왠지 모르게 내가 운영하던 카페가 정(情)이 간다던 손님분.

문득 이메일을 알려달라는 말에 선뜻 알려주었다. 곧 먼 길을 떠나는데, 그전에 나에게 하고 싶은 말이 있단다. 내가 추천해줘서 먹어 본 '플랫 화이트 아이스'를 여전히 즐겨 먹는단다. 먼 길을 왔지만, 늘 오는 게 즐거웠단다. 언젠가 포옹해준 적이 있는데, 그 포옹이 잊히지 않는단다. 사람의 연(緣)이란, 언제 어떻게 될지 몰라서 분명 언젠가는 또 만날 거란다.

우리는 어디로 와서, 어디로 가는 걸까. 포항에서 성수동의 작은 카페에 갈 수도 있고, 집 앞 편의점에서 맥주 한 캔을 사 올 수도 있다. 밤을 지새우며 글을 쓸 수도 있다. 살아 숨 쉬는 한 우리는 늘 어디론가 향한다. 그곳에서 아무도 날 반겨주지 않아도 괜찮다. 내가 반가운 사람들이 있는 곳이라면 언제든 그곳으로 발걸음을 향할 것이다. 그곳의 한 사람이 추천해준 커피가 썩 맘에 들어, 평생을 그 커피를 즐겨 마실 수도 있다. 그 사람을 떠올리며.

작은 한 조각의 기억으로 우리는 미소 짓곤 한다. 사랑했던 공간이 사라지면, 그 공간에 갈 수 없어도 가지 못함으로 인해서 추억은 더 아름답게 남을 수도 있다. 다시 만날 날을 꿈꾸며 지금 이 순간을 포기하지 않게 될지도 모른다.

한 공간에서 머무르던 그날을 기억한다. 플랫 화이트 아이스를 내리며 에스프레소가 우유에 아름답게 퍼지던 일을. 누군가가 그걸 맛있게 먹어주던 것을. 괴로웠던 기억도 있지만, 떠날 땐 가슴을 한 번 비워야 할 만큼 마음 아팠음을. 전부 기억한다.

사랑하는 사람들에게 이메일을 써야겠다. 보고 싶은 사람들이 많아지는 밤이다. 나는 어떤 기억 한 조각을 소중하게 간직하고 있을까? 문득 가슴이 터질 만큼 설렌다. 내가 만들어온 흔적들이 누군가를 미소 짓게 하고, 그 미소가 나에게도 전염된다고 믿는다. 작은 기억 한 조각이라도 누군가에게 안겨줄 수 있는 사람이 되고 싶다. 나는 그래도 아직, 행복할 수 있다고 굳게 믿어본다.

09.

낭만과 한강

우리는 한강에서 처음 손을 잡았다. 여의도 한강공원이었다. 나는 새로운 누군가에게 빠지게 될 때면 꼭 같이 한강에 가는 이상한 습관이 있다. 아마 첫사랑에게 고백했던 곳이 한강이어서 그런 것이 아닐까 생각한다. 사랑하면 떠오르는 이미지가 한강이다. 누군가를 내 마음속에 들이겠다고 마음먹으면 함께 한강을 걷고 싶어진다. 두 손을 마주 잡고.

낯선 분위기를 깨기 위해 함께 간단하게 술을 마신 탓에 약간의 취기가 몸에 돌고 있었다. 이야기가 길어질수록 당신이라는 사람이 궁금해졌고, 이내 그 궁금증은 확신으로 바뀌게 됐다. 이 사람을 더 알아가고 싶다는 확신. 내 옆자리가 당신이 있기를 바란다는 소망. 거절하면 어쩌나 하는 조바심을 머금고 조심스럽게 물었었다. 같이 한강에 가자고. 당신은 살짝 고개를 떨구며 그러자고 했다. 함께 취해가고 있을 무렵, 한강에 가자는 게 어떤 의미인지 당신 또한 알았을 거로 생각한다.

우리는 그렇게 한강으로 향했다. 초여름이라 더웠지만 기분 좋은 시원함이 우리를 감쌌다. 한마디라도 더 하겠다는 듯이 대화하던 술자리와는 다르게, 우리는 말없이 함께 걷고 있었다. 그 침묵은 마치 내가 당신의 손을 잡기를 기다리는 것으로 느껴졌다. 어색한 침묵이 흘렀고, 나는 당신의 깍지 사이에 내 손가락을 밀어 넣었다. 그것이 우리의 처음 손잡음이었다.

나는 지나간 사랑을 떠올리면 꼭 그 사람과 처음 손을 잡았던 순간을 떠올린다. 서로 처음 입을 맞추거나 포옹한 순간보다 손을 잡았던 순간이 더 강하게 기억 속에 남아있다. 왜냐하면, 나에게는 손을 잡는 것이 마음을 연다는 의미이기 때문이다. 누구와도 악수할 수 있을지 몰라도 아무하고 손을 꽉 마주 잡을 수는 없는 것이다. 나는 이 촌스러운 로맨틱함이 좋다. 누군가를 알아가고, 취기에 용기를 빌려 한강에 가자고 하고, 말없이 손을 잡는 그런 촌스러운 로맨틱.

내 촌스러운 로맨틱은 또 한 번 실패로 끝났지만, 늘 그랬듯 우리는 또다시 누군가와 사랑에 빠질 것이다. 상처받아 아픈 영혼을 달래주는 것도, 결국 그런 촌스러움과 로맨틱함이니까. 가끔 보면 우리는 사랑에 빠질 수밖에 없는 운명을 타고나지 않았나 생각하기도 한다.

10.

영원을 믿는다면

세상에 변하지 않는 건 '모든 것이 변한다'라는 사실밖에 없다는데, 우리가 그 예외가 되는 것은 어떨까. 영국의 낭만주의 시인 존 키츠(John Keats)가 한 말처럼 나는 너를 보며 항상 경외한다. 그의 시 한 편처럼.

"영원을 믿고 싶어요. 만약 당신과 내가 함께 행복해질 운명이라면, 삶이 얼마나 길다고 한들 짧게 느껴질까요? 나는 영원을 믿고 싶어요. 그대와 함께 영원히 있고 싶어요."

내 옆에서 미소 짓는 네가, 내 차가운 손을 따스하게 잡아주는 네가 여기에 있다는 사실이 영원히 변하지 않았으면 좋겠다. 세상에 특별할 게 없다면, 모든 것이 변할 때 우리만 변하지 않으면 그건 특별한 것이 될 테니까.

사랑을 실패했다고 믿지만, 사실은 사람이 실패하는 것이라고 하더라. 우리는 '너와 나'로서 존재하는 것이 아니라 '우리'로서 존재하기에 한 명의 사람으로서 감당할 수 있는 무게보다 더 많은 것을 감내해 나갈 수 있으니까. 어쩌면 정말 사랑의 무게마저도 이겨낼 수 있지 않을까?

'내 곁에 있어 주라. 언제까지나.'

11.

당신은 나의 교리입니다

　시적(詩的)이라는 말보다 시적인 말은 없다. 사랑
이란 말보다 사랑다운 말은 없다. 당신이 내 앞에 있
을 때, 그 눈빛보다 당신의 마음을 대변하는 언어는
없다. 우리는 유한하고 제한된 삶을 살아간다. 그래
서 무언가를 믿지 않으면 그 끝이 두려워서 살아갈
수가 없다.

언젠가 모든 것을 망각하고, 그 무언가를 망각했다는 사실조차 느낄 수 없다는 건 끔찍한 일이다. 그래서 현재 삶에 의미 부여하거나 무언가를 맹신하고 추종하며 살아간다. 종교의 교리나 지금 나의 업적이 훗날 인류들의 발전을 도모한다는 믿음처럼 말이다. 안 그러면 미쳐버릴 것 같으니까.

이런 내가 살아갈 희망에 관해 이야기하자면 바로 당신이다. 당신은 나의 교리이다. 삶의 목적이나 다가올 두려움 따위도 당신과 함께 있으면 아무 의미 없다고 느끼게 해준다. 나에게 있어 두려운 것은 당신이 내 곁을 떠나 내가 홀로 되는 것이다.

모든 것을 포기해야 한다면 당신 하나만은 붙잡고 싶다. 인간이 종교를 위해 순교할 수 있다는 사실에 감탄을 금치 못한 적이 있다. 눈에 보이지 않는 것을 믿는다는 건 쉬운 일이 아니라고 생각했으니까. 하지만 이제는 그 마음을 이해한다. 눈에 보이는 것은 인간을 풍족하게 하지만 살아가게 하지는 못한다.

우리를 살아가게 하는 것은 눈에 보이지 않는 것들이다. 예를 들면, 나는 그대가 내 곁에 없을 때도 언제나 그대가 내 곁에 있음을 느낄 수 있다. 사랑의 거리는 무한하며 유일하게 시공간을 뛰어넘는 것이다. 양자역학이나 중력 방정식, 정교하게 설계된 세상 따위는 몰라도 된다. 신이 인간에게 설계한 최고의 선물이자 삶의 동기는 사랑이기에.

12.

꿈에서 깼을 때

꿈에 네가 나오는 날이면 우리가 이별이라도 한 듯이 황급하게 일어나 너를 바라본다. 다행히 너는 여전히 내 곁에서 새근거리며 자고 있다. 이럴 땐 슬픈 생각에 잠기곤 한다. 지금껏 살아오며 내가 떠나보낸 많은 인연. 지금 내 곁에 사랑하는 사람이 있다고 해도, 난 그들 또한 사랑했음을 여실히 인정하고 받아들인다.

지나간 이들에게 했던 사랑의 후회와 후회의 턱 같은 것들. 넘어서지 말았어야 했을 시간들. 가끔은 그들도 꿈에 나와서는 가장 아련한 모습으로 안부를 묻는다. 지나간 이들을 꿈에서 보는 게 습관이 돼서인지 가끔 네 꿈도 꾼다. 말했다시피 황급히 내 곁에 있는 걸 확인하고 다시 잠을 청하지만. 종종 꿈과 현실이 구분되지 않을 때가 있다.

　너는 어디에서나 내 곁에 있으면 좋겠다. 꿈속에서 너를 본 후, 이제는 꿈속에서만 볼 수 있는 사람이니 꿈이라고 알아차리는 것은 너무 슬프다. 언제라도 곁에 머무는 이와 함께 하는 순간만이 꿈이 현실이 되고, 현실이 꿈이 된다. 설령 내 꿈과 현실이 뒤죽박죽된다고 해도 너와 함께라면 언제까지나 꿈을 꾸고 싶다.

13.

당신이 제일 좋아하는 것을

정해진 운명이란 말은 한편으로 슬프고 잔인하다. 내가 사랑하는 사람과 행복해질 운명인지 아닌지는 절대로 확신할 수 없다. 운명은 가혹하며, 시도 때도 없이 우리에게 장난을 치니까. 그건 오직 신만이 알 것이다. 누군가는 이 사실에 좌절한다. 그래서 아예 새로운 인연을 시작하는 것에 두려움을 갖는다. 또는 누군가와 사랑에 빠져도 그 끝이 두려워서 마음의 작은 틈을 여는 정도로 마음을 열 뿐이다.

나는 우리의 운명에 감사하다. 설령 행복해질 운명이 아니어도 내가 사랑하는 누군가에게 행복을 줄 시간이 허락된다는 사실에 감사하지 않을 수 없다.

'받는 것'보다 '주는 것'에 의미를 두기 시작하면 사랑은 두려운 것이 아닌 끼니마다 사랑하는 누군가를 위해 그가 가장 좋아하는 음식을 정성스럽게 요리하는 듯한 기분이다. 나들이 갈 때마다 바스켓에 한가득 그 사람이 사랑하는 것들을 채우는 마음이다. 언덕 위 동산에 올라갈 때까지 깜짝 놀랄 표정을 상상하며 언덕을 오르는 마음이다.

나는 당신의 모든 것에 감사한다. 우리의 운명이 행복해지지 않는다고 해도 행복하게 만들 기회가 주어졌음에 감사함이 따른다. 그 시간이 언제까지일지 모른다는 건 두려운 것이 아니다. 영원할 수도 있다는 희망이다. 내 마음을 정성스럽게 포장해야 하는 손길만 있을 뿐.

14.

입술을 꽉 다물고

가끔 당신은 내게 묻는다. 얼마나 자기를 사랑하냐고. 사랑은 정량(定量)적으로 양을 따질 수 없다고들 하지만, 내게는 단순히 그런 문제가 아니다. 왜냐하면, 당신을 향한 내 사랑은 무한히 팽창해서 언제 수명을 다할지 모르는 우주처럼 매일 같이 커지며, 몇 십 억 년을 간직해 지금의 모습이 된 우주보다 기원을 멀리하며, 지금도 여전한 마음으로 너를 향하고 있으니까.

내 표현이 과하다고 생각할지도 모르겠다. 그렇다면 표현이 모자랐을 뿐. 아니, 사람의 언어와 몸짓으로는 내 마음을 담을 수 없기 때문이다. 가끔 우리에게는 우리의 능력을 벗어날 정도의 질문을 준다. 나는 입술을 꽉 다물고 안아준다. 어떤 말을 해도 담을 수 없을 테니까.

15.

사랑이 언제
합리적이었던 적이 있던가

완연한 겨울이 왔음을 느낄 때마다 계속 돌려보는 영화가 있다. 미셸 공드리(Michel Gondry) 감독의 영화 〈이터널 선샤인〉. 헤어진 한 연인이 서로를 완벽하게 잊지 못해 괴로워하다가 기억을 지워주는 병원에 찾아가 서로의 기억을 지우는 영화다. 그런데도 남은 한 조각의 추억이 서로를 같은 발걸음으로 이끌고, 또다시 사랑에 빠지는 흔하다면 흔한 재회 이야기.

영원한 사랑이 없다는 걸 알고 있지만, 그런 건 상관없다. 애초에 이 세상에 존재하지 않는 걸 찾고 싶을 때 보는 것이 영화니까. 〈이터널 선샤인〉에 나오는 사랑은 그런 사랑이다. 이 세상에 존재하지 않을 것만 같은 사랑. 차마 기억을 지워도 결국 서로의 곁으로 돌아가는, 이별 따위 상상도 할 수 없는 그런 사랑.

떠나간 누군가는 그립고 새로운 사랑을 시작하고 싶지만, 왠지 가슴 한편은 여전히 사랑에 대한 상처로 마음을 굳게 닫고 있을 때. 이 영화는 왠지 나에게도 그런 사랑이 찾아올 것이라고 말해주는 것 같다.

영원한 사랑은 없다고 단언해놓고, 그런 사랑이 찾아올 것이라고 말해주는 영화를 매년 돌려보고 있다. 사실 영원한 사랑이 어딘가에 있기를 바라기에. '돌고 돌아 당신의 곁으로 돌아왔어'라고 말할 수 있는 사랑이 어딘가에 있기를 간절히 바라는 건 아닐까.

또 한 번 겨울이 찾아왔고, 난 영원한 사랑은 믿지 않으며 사랑의 기적을 바란다. 모순적이어도 괜찮다. 언제 사랑이 합리적이었던 적이 있던가.

16.

생각나면 연락해

'남자는 가장 초라한 시절에 평생을 함께하고 싶은 여자를 만나고, 여자는 가장 아름다운 시절에 평생을 약속할 수 없는 남자를 만난다.'

어디서 들었는지도 모를 만큼 유명한 말이다. 혈기 왕성한 이십 대에 우리는 꼭 첫사랑을 한다. 대개 학생 시절, 처음 누군가에게 호감을 느끼지만, 지나 보면 그건 사랑보다는 치기 어린 '날 것의 감정'이었다는 게 더 정확하다.

진짜 마음속 첫사랑은 스무 살이 넘어서 하는 경우가 많다. 처음으로 누군가와 죽고 못 사는 연애도 해보고, 처음으로 미운 정 고운 정 들어가며 '사귀었다, 헤어졌다'를 반복하기도 하고 온갖 생소한 감정들을 겪게 된다.

나만 해도 서른이 가까운 지금, 스물세 살쯤 했던 첫사랑을 아직도 떠올리곤 한다. 너무 많이 다투었고, 서로에게 상처를 줘서 미워한다고 생각하고 있었는데 며칠 전에 꿈에 나왔다. 그리고 기억났다. 사실 헤어지고 우리가 한 번 더 본 적이 있다는 걸. 너의 집에서 하루를 더 보내고, 집으로 돌아가는 길, "또 내가 생각나면 연락해"라며 나를 보내줬던 네가 떠올랐다.

세월이 흐르니 첫사랑에 대한 기억은 점점 더 아름다웠던 기억만 남게 된다.

이십 대 초반, 보통의 남자들은 사회 초년생이거나 아직 학생이기 때문에 누군가를 책임질 수 있는 위치에 있지 않다. 그러니 평생을 약속할 수 있는 첫사랑과는 언젠가 반드시 이별이 찾아온다. 반면 여자는 가장 아름다운 이십 대 초반에 그런 남자를 만나 결국 끝까지 맺어지지 못하고 이별을 맞이하게 된다.

세월이 많이 지났고, 조금은 누군가를 책임질 수 있는 나이가 된 지금, 가끔 그 사람이 떠오른다. '만약 지금 너를 만났으면 어땠을까'하고. 운명은 가혹하다. 책임질 수 없을 때 첫사랑을 소개하는 것도. 가장 아름다운 시절에 함께 할 수 없는 이를 만나는 것도. 적어도 사랑을 하는 데 있어서 운명은 우리 편이 아니다

생각나면 연락하라던 너에게 이제는 연락조차 할 수 없을 만큼 우리는 멀어졌지만, 난 그래도 감사한다. 운명이 가혹하지 않았다면 지금도 우리가 함께하고 있었을 거라는 걸 알고 있기에.

17.

또 봐

"고마워."

무수히 많은 삶의 확률을 이겨내 내 곁에 오고,
결국에는 사랑이라는 결실을 얻어낼 수 있었음에.
나와 사랑에 빠지기 위해 모든 시간을 넘어온 너에게
내 사랑을 전부 담아 건넨다.

닫는 말

　이별은 때때로 준비할 틈도 없이 순식간에 벌어진다. '그만 헤어지자' 한마디 말이면 그걸로 끝이다. 그 말 한마디가 나오기까지의 과정 중에 무엇이 있었을지, 어떤 속내가 있었을지는 아무도 모르는 일이다. 그래서 우리는 이 말을 달고 산다.

　"우리는 인연이 아닌가 봐."

　"정말 타이밍이 안 맞네."

이별의 탓을 하늘로 돌려버린다. 그래서 '만약'이라는 말이 서글프게 다가온다.

'만약'이라는 대전제는 애초에 일어날 수가 없는 망상이기에. 과거에도 그랬고, 앞으로도 일어나지 않을 일들을 머릿속에서 상상하며, 실체가 없는 추억에 빠져 내내 그리워하며 그 사람을 잊어간다. 몇 번이고 생각해봤다. 만약 내가 정말 평범한 인생을 살기를 원했다면, 우리는 백발의 노인이 될 때까지 평화롭게 사랑하지 않았을까. 만약 우리가 가는 길이 서로 크게 다르지 않았더라면, 이리 아파하면서 만나지 않았을까. 그 모든 게 의미 없다는 걸 알면서도 이별의 상실감을 견디며 아무렇지 않은 척 살아간다.

평생을 외부 환경의 영향 아래 살아온 나와 당신의 삶은 똑 닮았었다. 당신을 처음 만났을 때 내 마음은 꽤 병들어있었다. 사랑하는 사람에게 마음을 다하는 법은 알고 있었지만, 정작 나 자신을 챙기는 법은 몰라서 혼자 있을 때 내 표정은 어둡고 그늘져 있었다.

그런 내게 당신은 세상은 넓고 내디딜 땅이 있는 한 어디든 갈 수 있다는 용기를 주었다. 내가 당신의 가치를 바라봐주었듯이.

우리 연은 한 시절 그 자체였으리라 믿는다. 내가 스스로가 낯설어질 정도로 변했을 때도 '있는 그대로의 나'를 바라봐준 당신이 고마웠고, 그렇기에 나는 당신에게 많은 걸 해주고 싶었다. 후회 없이 최선을 다한 사람은 미련이 없다던데, 적어도 못 줘서 후회되는 건 없다.

단지 마음에 걸리는 건 당신이 잔뜩 취해서 내게 가족 이야기를 해주었을 때, 그동안 가슴속으로 삭여왔던 서러움을 내게 터트렸을 때, 그때 당신의 눈빛과 떨리는 목소리는 여전히 내 마음을 아프게 만든다는 것이다.

나를 잊지 않았으면 싶지만, 그리워하지는 않았으면 한다. 당신은 아프지 않았으면 하는 마음에. 지금은 잠은 잘 자는지, 우리 잠시 헤어졌을 때처럼 술에 의존하지 않는지, 한 번씩 생각나면 마음이 아려온다.

당신의 그 말이 참 좋았다. 나로 인해 사랑을 주고받는 법을 배웠다는 말이. 그래도 내가 무언가 줄 수 있는 사람이 된 것만 같아서 정말 다행이라 생각했다. 우리가 함께한 과거의 한 시절은 추억으로 남겨놓고, 서로 자신의 갈 길을 가며 인생을 사랑할 수 있기를. 힘든 시절의 상처들마저 보상받을 정도로 크게 행복할 날이 오기를. 진심으로 당신이 잘되길 바라며 이만 줄인다.

***

　"내 기억 속에 무수한 사진들처럼 사랑도 언젠가는 추억으로 그친다는 걸 난 알고 있었습니다. 하지만 당신만은 추억이 되질 않았습니다. 사랑을 간직한 채 떠날 수 있게 해준 당신께 고맙다는 말을 남깁니다."

_ 영화 〈8월의 크리스마스〉 중에서

사랑하는 연인에게

차마 말과 행동으로는 담을 수 없는 크기의 사랑이
있습니다. 말과 행동이 아닌 '문장'으로 당신의 사랑
이 얼마나 큰지 이 편지에 담아주세요.

Chapter 2.

가족에게
하고 싶은 말

"가장 가깝고도 가장 먼.
가장 표현하고 싶지만,
입조차 떼기 어려운.
그래서 늘 미안하고 고마운."

여는 말

여자는 아들을 22살의 젊은 나이에 낳았다. 아마 내가 교제했던 이성처럼 사랑받고 싶고, 뜨겁게 사랑했었을 것이다. 원하는 공부를 하며 회사 생활을 할 수도 있었을 것이다. 취미로 좋아하는 그림을 그리며 일상의 즐거움을 누릴 수도 있었을 것이다. 사랑하는 남자에게 투정도 부려보며 젊음의 시간을 오롯이 자신을 위해서 쓸 수도 있었을 것이다. 충분히 선택할 기회가 있었을 것이다.

그녀가 엄마가 된 날, 나를 보며 무슨 생각을 했고 어떤 기분이었는지 알 수 없다. 다만 입버릇처럼 말했던 "네가 아기였을 때는 말이다" 속에서 아들에 대한 사랑으로 가득했다고 조심스레 추측할 뿐이다. 그러나 젊은 엄마가 어린 아들을 혼자 키운다는 건, 돈이 없으면 초라해질 수밖에 없는 자본주의 사회에서, 그것도 낯선 나라에서 홀로 키운다는 건 어려운 일이다.

아니, 솔직히 나였으면 자신 없다는 생각이 들 정도로 힘겨웠을 것이다. 아들 하나 먹여 살리겠다고 자신의 청춘을 바쳐 양육하는 건 자연의 섭리라지만, 지금 사회에서는 보통 인간의 범주를 넘어선 위대한 일을 하는 것이다.

어린 아들은 지금에서야 회고한다. 무의미한 망상일지 모르지만 '나였으면 엄마처럼 할 수 있었을까?'라는 물음을 종종 나 자신에게 던져본다. 나는 솔직히 자신이 없다. 준비됐을 때, 더 능력이 됐을 때, 더 성숙해졌을 때, 더 좋은 사람이 나타났을 때 여러 이유를 붙여가며 나의 '자신 없음'을 스스로 정당화한다.

우리는 갑자기 인생을 살기 위해 아무런 준비가 되지 않은 상태로 던져졌다. 아마 부모가 된다는 것도 마찬가지일 것이다. 아무리 준비한들, 또는 공부한다고 하더라도 부모는 처음이니까. 엄마는 엄마가 처음이었으니까. 가진 것도 믿을 것도 자신뿐이었을 텐데, 어린 아들을 성인으로 키운 건 내가 죽을 때까지 존경하고 감사해야 할 일이다.

사랑한다는 말을 자주 하지 않아도, 그 마음과 행동에서 사랑받았음을 확인했다. 나를 낳은 것에 대한 후회가 없다는 말을 들었을 때, 나는 더욱 잘살아야겠다고 생각했다. 가족이 몇 없으니, 나 하나가 정말 잘 되어서 남은 삶을 더 행복하게 살 수 있도록 노력해야겠다고 결심했다. 그리고 내가 결혼해서 아이를 낳는 날이 온다면, 엄마가 보여준 사랑을 사랑하는 아내와 자녀에게 전해줘야겠다고 다짐하게 됐다.

부모와 자식의 관계, 참 어려운 편이다. 설령 사랑을 건강하게 받지 못했다고 할지라도, 지금 쓰는 이 글이 내 멋대로의 해석이라 할지라도 내 마음대로 해석하려 한다.

인간의 트라우마는 대부분 어린 유년 시절에 생긴다고 한다. 하지만 과거는 후회하면 후회할수록, 아파하면 아파할수록 스스로 자학하는 것밖에 되지 않는다. 철없던 시절, 엄마를 원망했던 나는, 그때의 엄마와 비슷한 나이를 넘어 더욱 시간이 지나서야 비로소 알게 됐다.

세월의 흔적이 고스란히 남겨진 각질 가득한 손등을 보면 알 수 있는 일이다. 어렸을 때 봤던 얼굴과 다르게 주름이 생긴 걸 보면 알 수 있는 일이다. 내가 부모님의 나이가 됐을 때쯤, 혹은 부모가 됐을 때 입장을 마주하며 이해할 수 있게 된다. 물론 억지로 이해할 필요도 없다. 자유이자 선택이다. 하지만 적어도 관계 회복의 여지가 있다면, 표현을 못 해서 아쉬웠다면, 보답을 못 한 것 같다면 이 말 한마디를 하도록 하자.

"사랑합니다."

01.

물가에 내놓은 아이

"애야, 너도 이제 어른이 되는구나. 성인이 된 너에게 꼭 해줘야 할 말이 있단다. 조언이 너무 많으면 오히려 기억해내기 어렵단다. 그러니 꼭 잊지 말아야 할 조언 하나만 해주자면, '좋은 사람이 곁에 남는 게 아니라 곁에 남은 사람이 결국 좋은 사람'이라는 거란다."

성인이 되고 이제 막 독립을 시작하기 전에 어머니에게 들었던 말이다. 어렸을 때부터 섬세한 성격 탓에 남들과 잘 어울리지 못하고, 타인 때문에 상처를 많이 받았던 나였기에 더더욱 어머니는 내가 인간관계에서 상처받을까 봐 걱정했나 보다.

　인간관계에 너무 민감하고 예민하다 보니 최대한 곁에 '좋은 사람'을 두려고 노력했다. 그런데 좋은 사람이라고 기대했던 사람은 정작 내 곁을 떠나고, 기대도 안 했던 사람이 곁에 남을 때가 있었다. 결국 관계라는 건 내가 혼자 정의하는 게 아니라 상대방과의 상호작용으로 인해 정해진다는 걸 그때야 깨달았다.

　어머니의 조언도 그와 비슷한 맥락이었던 것 같다. 사람에게 자주 상처받는 탓에 좋은 사람을 곁에 두려고 집착하다가 그들마저 떠났을 때 상처받던 나를 보며 걱정했던 거다. 정작 남아있는 이들이 있는 건 생각도 못 하고. 주위를 둘러보면 떠나지 않은, 곁에 남아있는 좋은 사람들이 있는데. 이번 생은 우리 모두 처음이라 아무리 나이를 먹어도 관계라는 걸 형성하는 게 참 서툴고 어렵다.

02.

책임감과 포근함

엄격한 아버지는 책임감을, 자상한 어머니는 포근함을. 이것이 부모님 내게 주신 '진짜 선물'이다. 어린 시절, 아버지에게 받은 가장 큰 선물을 이야기한다면 나는 두 가지를 들고 싶다, '감사한 사람에게 기꺼이 감사한 마음을 전하는 법'과 '사과는 망설일수록 멀어지니 미안함을 표현하는 부끄러움은 떨쳐내고, 상대방의 마음을 녹일 수 있도록 최선을 다할 것'. 이 두 가지를 아버지에게 받았다.

아버지는 나에게 감정을 표현하지 않는 건, 나의 책임을 다하지 않는 것이라고 말했다. 상대방에게 마음을 전달하지 않음으로써 내 마음을 알지 못하게 했으니까. 내 마음을 알게 하는 것도 사람으로 해야 할 도리이자 책임이다.

어머니는 엄격한 아버지와 다르게 자상하게 날 안아주며 아버지께서 알려주신 '책임의 표현'을 따스하게 나타내는 방법을 알려주셨다. 같은 말이라도 '아' 다르고 '어' 다르다고 하지 않던가? 상대방에게 자상하게 다가간 마음을, 차갑게 외면하며 등 돌리는 사람은 별로 없다. 표현을 한다고 해도 차갑게 표현하면 의미가 없어질 수도 있다. 책임을 다해 표현하되, 따스할 줄도 알아야 하는 것이다.

살아가면서 많은 것들은 스스로 배워야 하겠지만, 타인과 관계를 맺는 것에 있어서는 내 생의 첫 관계인 부모님에게 배운 것이 제일 많다. 그 책임감과 포근함으로 맺은 관계들은 눈덩이처럼 커져, 결국 나에게 더 큰마음으로 돌아오기 마련이다. 이 글을 읽는 당신도 책임감과 포근함을 다 할 수 있기를 바란다.

03.

방황하는 그리움

언제나 그곳에 한결같이 계실 것으로 생각했다. 언제나처럼, 지금까지 그래왔듯이. 그래서 그리워하지 않았다. 그리움은 기다리는 사람의 몫이니까. 우리 할머니는 언제나 그곳에 계셨으니까. 언제나 가면 그 자리에서 그 모습으로 계셨으니까. 그리움은 할머니의 몫이었다.

그래서 우리는 아무도 할머니를 그리워하지 않았다. 지금, 그 그리움은 우리 모두의 몫이다. 다시는 볼 수 없는 할머니를 향한, 목적 없는 그리움만이 남았다.

우리나라는 고인을 기릴 때 '죽었다'라는 표현보다 '돌아가셨다'라고 표현한다. 우리 할머니도 죽은 게 아니라, 원래 있던 곳으로 돌아가신 것뿐이다. 고통의 바다인 이곳에 잠깐 머물다가. 다시 돌아가신 것뿐이다.

그러나 내 목적 없는 그리움은 대상을 잃고, 방황할 뿐이다. 앞으로 평생을.

04.

내 삶의 첫 거울,
첫 저울

내가 좋아하는 노래 중 에픽하이의 '당신의 조각
들'이 있다. 특히 다음 가사에 감정이 이입됐다.

'당신의 눈동자, 내 생애 첫 거울'
'당신의 두 손, 내 생애 첫 저울'

두 손으로 나를 처음 들고, 내 존재감을 받아낸 나
의 부모님이여. 저보다 훨씬 이른 나이에 부모가 되

셨는데요. 저는 이 나이가 되고도 누군가의 부모가 된다는 게 두렵기만 합니다. 이 두려움을 어떻게 이겨내셨나요? 그저 마음을 강하게 먹는다고 이겨낼 수 있는 마음이 아닌 것 같습니다.

갓난아이의 울음소리는 어떤 성스러운 종소리보다도 경건하고, 우리가 앞으로 나아간다는 존속의 증명입니다. 그만큼 두려운 일입니다. 겪어보기 전까지 절대 이겨낼 수 없을 것만 같습니다. 나도 당신들의 어린 시절이 궁금합니다. 어떤 천진난만함으로 세상을 바라봤을지, 누구에게 어떤 표정으로 안겨있었을지 궁금합니다.

부모는 평생 자식에게 부모일 수밖에 없다는 사실이 서글픕니다. 그래도 당신과 함께 늙을 수 있음에 감사합니다. 백세 할머니가 팔십 세 할머님에게 '아가'라고 부르는 장면을 본 적이 있습니다.

나도 팔십 세를 먹어도 여전히 당신의 아가이고 싶습니다. 언제나 무탈하시기를 바랍니다.

05.

당신이 꾸며준 나의 유년 시절

우리는 가끔 너무 당연한 사실을 잊고 산다. 부모님도 누군가에게는 자식이라는 걸. 부모님도 태어나서 엄마 아빠가 처음이라는 걸. 내가 태어났을 때부터 나의 부모님으로 계시기 때문에 그 사실을 쉽게 망각하곤 한다. 그리고 뭐든 당연하게 여긴다. 부모로서 더 능숙해야 할 것 같고, 더 올바른 선택으로 나를 좋은 길로 인도해줘야만 할 것 같다.

하지만 부모님도 나처럼 인생 일 회차일 뿐이다. 나보다 그저 조금 더 살았을 뿐. 심지어 나에게는 부모님이라는 직책까지 달고. 물론 어린 나이에 그걸 깨닫고 부모님의 실수를 안아줄 수 있다면, 분명 전생(前生)의 기억을 안고 회귀한 인간일 것이다. 그때의 우리는 지금보다 더 철이 없었기에 부모님에게 투정을 부리고, 나의 모든 결핍을 안아달라고 한다. 그리고 부모님은 기꺼이 받아준다.

나의 어린 시절을 부모님이 아름답게 꾸며주셨으니, 나는 부모님의 노년을 찬란하고 빛나게 해야 할 의무가 있다. 내 어린 시절, 그들이 아무 대가 없이 내가 행복하길 바랐던 것처럼. 나 또한 아무 대가 없이 그들이 내 곁에 있는 것만으로 감사해하는 것처럼.

06.

기억은 안 날지 몰라도

사랑받고 자란 이들은 티가 난다. 거짓말이 아니라 정말이다. 나는 마냥 사랑받으며 자랐다고 말하기에는 솔직히 어려운 감이 없지 않아 있다. 받은 사랑만큼 힘든 시기도 많았기에. 물론 그 힘든 시기를 견딜 만큼 큰 사랑을 받기도 했지만.

내가 말하는 '사랑받고 자랐음'은 기복 없이 꾸준한 사랑을 받으며 자란 이들을 이야기하는 것이다.

집안이 부유하다거나, 부모님이 정말 천에 하나 있을까 말까 한 성격의 소유자라던가, 그런 것들을 의미하는 것이 아니다. 사람으로 태어나 나에게 맺어진 결실을 소중히 할 줄 아는 이들 밑에서 자란 것. 나의 피를 타고난 이 아이가 어떻게 자라야 더 행복해질지 고민한 것.

그런 것들에 대한 고민의 흔적이 역력하다. 왜냐하면 그런 사람은 얼굴에서 웃음이 떠나질 않는다. 어린 시절부터 사랑하는 부모님이 행복으로 가는 길로 늘 안내를 해왔기에 삶에 대한 만족감이 높고, 스스로 행복해지는 방법에 대한 이해도가 높다.

당신에게 웃음이 많다면, 기억은 안 날지 몰라도 당신의 어린 시절 부모님이 자주 행복을 줬다는 증거인지도 모른다.

07.

내가 아빠가 된다면
들려주고 싶은 이야기

첫째, 훗날 후회하지 않을 정도로 모든 걸 걸어라.

실패해도 괜찮다. 그러니 네가 생각하는 범주를 넘어서 온 힘을 기울여 최선을 다해야 한다. 대부분 결과에 미련이 남는 건 '더 잘할 수 있었는데'라는 아쉬움이 자연스레 생기기 때문이다.

둘째, 최선을 다했다는 착각에서 벗어나라.

실패한 원인에 '난 최선을 다했는데'라고 변명하는 순간 이미 최선이 아니다. 진정 최선을 다하는 사람들은 그 말 한마디를 뱉을 시간에 다시 한번 도전한다. 내가 할 수 있는 한계, 그 너머에 있는 것이야말로 최선이다. 당신의 한계는 아직 그 누구도 보지 못했다.

셋째, 적게 말하고, 많이 들어라.

말(言)은 불화의 근원이 되기도 하지만 묵묵히 듣는 것은 배려의 초석이다. 상대방의 말을 묵묵히 듣되, 그를 파악하라. 그리고 상대방에 대해 파악이 됐다는 생각이 들 때 이야기를 많이 나눠라. 상대방에 대해서 많은 것을 알면 알수록 말실수를 줄일 수 있다.

넷째, 적이 네 생각을 알지 못하게 하라.

전쟁터도 아닌 삶에서 적이 있을까 싶겠지만, 너를 노리는 적은 일상 곳곳에 있기 마련이다. 그러니 네 생각을 함부로 누군가에게 밝히지 마라. 나의 의도를 숨긴다는 건 나만의 무기를 숨겨놓는다는 의미다. 살아가면서 가슴에 숨긴 단검 한 자루 정도는 있어야 한다.

다섯째, 감정을 통제해서 상황을 주도하라.

원하는 것을 이뤄낸 사람 중 자신을 통제하지 못하는 사람은 없다. 자기 자신도 통제하지 못하는데 어떻게 세상의 온갖 것을 통제하겠는가. 나를 통제한 다음에야 자리의 분위기, 상황 등을 장악할 수 있다. 이기는 사람은 늘 상황을 본인이 원하는 대로 이끌며, 영향력 있는 사람이 된다. 영향력이 강한 사람은 자신의 감정을 함부로 노출하지 않는다.

여섯째, 어떠한 회의감이 생겨도 낭만을 잃지 마라.

낭만은 인간관계에서 우리 마음의 양식을 채워주는 문학과도 같은 것이다. 이것과 유사한 말이 감성인데 개인적으로는 '감성충'이라는 말이 아쉽다. 사람들이 행복함을 느끼고 그로 인해 유대관계가 깊어지는 이유는 서로에게 낭만을 보여주었기 때문이다. 모두가 '불가능하다' 할 때 지지해주는 일. 현실에 메이지 않고 이상을 바라보며 희망을 건네는 일. 내 사람에게 해줄 수 있는 최선의 노력을 자신만의 방식으로 해주는 일이 낭만적인 행동이라 난 믿는다. 절대로 낭만을 잃지 마라.

08.

내가 결혼하고
가족이 생긴다면

나는 이 사람과 있을 때 스스로 나답다고 느낄 것이다.

평생을 뜨겁게 사랑할 순 없어도, 함께 있을 때 가장 편안한 사람. 이 사람 옆이라면 나는 안정감 속에서 더욱 일에 몰두할 수 있을 것이고, 평생 남 앞에서 가면을 쓰고 살았던 내가 이 사람에게만큼은 마음의 민낯을 보여줄 수 있을 것 같다.

내 모든 치부를 보여도 그걸 품어줄 수 있는 사람. 이런 사람이라면 난 내 모든 걸 바쳐서라도 행복, 금전, 사랑을 줄 수 있을 것이다.

평생을 함께할 여자인 걸 떠나서 내가 만든 가족이니까. 난 더 이상 외로운 일이 없을 거고.

닫는 말

형, 그거 알아?

어렸을 때부터 난 외동인 탓에 '형이 있으면 좋겠다' 생각했어. 집에서 같이 만화책을 보고, 심심하면 놀러 나가고, 함께 우스운 얘기도 하면서 말이야. 때로는 다투고 화내더라도, 다시 화해하고 기댈 수 있는 그런 사이. 가족 간에 만든 추억이 없어서 형이 있으면 좋겠다고 생각했나 봐.

나는 형을 만나기 전까지는 거의 포기했었어. 깊은 유대관계는 물론 내가 이해받는 것조차 체념했었어. 그러다 보니 자연스레 이해하는 처지가 주로 됐었고. 나는 내가 힘든 줄도 모르고 오랫동안 달려왔었더라.

형, 기억나?

내가 죽음을 두려워한다는 걸 형이 알았을 때, 내게 해준 말을 나는 하나도 빠짐없이 기억해. 형은 죽음을 두려워하는 동생에게 누구에게도 하지 못한 말을 해주었어. 철학, 역사, 인문학, 물리학 등을 공부하며 얻은 지식을 통해서 죽음은 무서운 게 아니라는 것을 내게 알려 줬어. '인생을 살아가며 쌓은 기억이 내 안에서 다른 형태로 재구성되고, 그 기억 속에서 영원히 살아가는 것'이라고 말이야.

그 말이 정답이든 아니든 고마웠어. 내게 그 말을 하기 위해 고민하고 건네준 것. 덕분에 죽음을 두려워하며 소극적인 삶을 살지 않고, 죽음의 순간을 당당히 맞이하기 위해 매 순간 삶에 몰두할 용기를 받았어.

그래서인지 형이 몹시 아프다는 사실을 알았을 때 큰 충격과 놀라움에 아무 말을 할 수가 없었어. '왜 말하지 않았어'라 말조차 안 나오고, 그저 마음이 찢어질 듯 아팠어.

형, 이제 알아.

사랑하는 사람을 잃었을 때 느끼는 고통은 자기 신체 일부를 잃은 만큼 크다고 해. 형의 힘든 시절 얘기를 들으면 들을수록 난 슬펐고, 그만큼 미안함이 가득했어. 가슴이 먹먹한 그때, 내가 할 수 있는 일이라곤 그저 안아주는 것밖에 없어서 미안할 정도로. 그땐 정말 마음 아팠어.

그런 형이 내가 스스로 무능력과 한심함에 빠져서 자기혐오와 자학하고 있을 때, 형은 다정한 위로를 건네기보다 실질적인 해결방안을 내게 주었어. 그러면서 '마음 아프니까 자신을 미워하지 말라'며 서글픈 표정을 짓는 형을 봤을 때, 나는 '내 곁에 나를 진심으로 이해하는 사람이 생겼구나', '나는 이제 혼자가 아니구나'·싶더라.

형, 우린 형제야.

형은 내게 정말 많은 것을 알려주고, 늘 힘이 되어 주었기에 마치 신(神)처럼 절대적인 존재로까지 생각했었어. 하지만 이제는 아닌 것 같아. 우리는 함께 위기를 극복하고, 찬란한 미래를 도모하며, 힘들 때 기대고 언제나 한결같이 곁에 있는 사이.

우리 성격은 극단적으로 다르지만, 놀라운 정도로 성향은 같은 탓에 좋아하는 만화를 보며 끽끽거리며 웃는 철부지 둘. 그러다가도 함께 움직이면 음과 양의 조합처럼 서로 시너지를 내는 사이.

피 한 방울 섞이지 않은 남이었지만,
그래, 우리는 더할 나위 없는 형제야.

사랑하는 가족에게

나를 세상에 있게 해준 감사함을 담아 미처 표현하지
못했던 마음을 전달하세요. 온갖 낯부끄러운 표현을
사용해야 할 의무가 있습니다.

....

....

....

....

....

....

....

....

....

....

....

Chapter 3.

친구에게
하고 싶은 말

"어린 시절을 아름답게 꾸며준 내 가족,
한철 지기 어린 사랑으로 지날지도 모를 사랑.
그 고된 삶 속에서 소나무처럼 곁에 머물러주는
변함없이 푸를 나의 영원한 청춘, 친구들."

여는 말

내가 불우한 환경에서도 비관하거나 극단적인 선택을 하지 않았던 이유는 죽음이 두려웠기도 했지만, 바로 이 문장이 나를 잡아주었다.

'삶이 있는 한, 희망은 있다.'
(Dum vita est, spes est)

라틴어 '스페스(spes)'는 '기대하고 바란다'라는 뜻의 희망을 의미한다. 아마도 그때의 나는, 내가 살아있는 한 내 인생은 나아질 수 있다고 막연한 믿음을 가졌는지 모르겠다. 우울증은 삶의 무기력감뿐 아니라 '지금의 무기력감은 앞으로도 나아지지 않을 거란 믿음 때문에 생긴다'라는 말을 들은 적이 있다. 나는 사는 내내 우울감을 달고 살았다는 건 알고 있었지만, 그래도 살고 싶은 생각이 간절했는지 힘든 인생을 버티며 살 수 있었다.

나는 늘 희망을 놓지 않았다. 나라는 인간에 대한 희망을 내려놓는 순간, 내 인생은 끝날 것만 같았으니까. 살아있는 한 희망은 있고, 내 몸과 머리로 불공평하게 주어진 환경을 극복할 힘이 있다는 사실을 희망은 내게 알려주었다. 지금은 안정된 삶 속에서 미래를 설계할 만큼 평온한 마음을 얻었기에 예전처럼 쉽게 무너지지 않게 됐다. 하지만 엄밀하게 나를 위한 안위일 뿐, 나를 챙기면서 남을 챙길 정도로 큰 그릇은 아니었다.

내가 할 수 있는 건 매일 반복하는 노력뿐이었다. 때로는 고통을 감수하며 힘들게 노력했지만, 내가 원한 만큼 결과가 나오지 않았을 때는 나 자신을 혐오했다가도 다시 스스로에게 떳떳해지기 위해 부단히 애썼다. 내가 믿었던 사람의 배신으로 상처받았을 때, 내가 가진 재능이 크게 뛰어나지 않음을 실감했을 때조차 좌절은 한순간이었다. 나는 늘 힘들어도 앞으로 나아갔다.

처음 작가가 되었을 때, 나는 스스로 작가라고 소개하지 못했다. 다니던 대학교는 휴학하고 글쓰기에 전념했지만, 최저시급을 받으며 일하는 나의 현실이 스스로 부끄러웠기 때문이다. 게다가 남들이 가지 않은 길을 혼자 걷는 것도 외로웠다. 기대를 현실로 바꾸는 혼자만의 시간을 갖는다는 건 쉽지 않았다. 그런데 그때와 지금을 비교했을 때 크게 바뀐 건 다름 아닌 '사람'이지 않을까 싶다.

글을 쓰기 전 나는 '내 곁에 아무도 없다'라고 생각했다. 지금은 비록 피 한 방울 섞이지 않았지만 서로 '형제'로 여기는 형이 있고, 가족처럼 편안하게 지내는 사람들이 있다. 있는 그대로의 나를 믿고 따라주는 사람들이 생겨났고, 늘 제자리에 있어 준 어머니가 존재한다. 이들 덕분에 나는 나뿐만 아니라 사람에 대한 기대감도 점차 다시 생기기 시작했다. '사람은 고쳐 쓰는 게 아니며, 사람은 누구나 바뀔 수 있다'라는 믿음이 생겼다.

내가 가장 괴로웠던 것은 가장 믿었던 존재들의 배신감 때문이었는지 모른다. 그래서일까. 요즘 사람들은 '손절', '멀리해야 할 사람' 등의 키워드에 관심을 둔다. 심리학 용어였던 '가스라이팅(Gaslighting)'은 어느새 우리 일상에서 쉽게 쓰이는 말이 됐다. 나 역시 지금은 이렇게 글로 이야기하지만, 언제 또 가치관이 바뀔지 모르는 일이다. 그러나 확실한 건 실망과 희망의 반복 속에서 우리는 무르익어간다.

설령 내 곁에 있는 이가 떠난다고 할지라도
그 곁에 있는 내가 떠난다고 할지라도
절망보다는 희망을 만들어 나가고
노파심보다는 유쾌함을 지니는 게 어떨까.

고통과 좌절 속에서도 흥겹게 춤추고, 다가올 어두운 미래조차 겸허히 받아들여서 '이것마저도 내 인생'이란 걸 깨닫는다면 우리는 다시 일어날 힘을 얻는다. 인간적인 면모와 다정함, 희망, 믿음, 소망, 사랑… 이것들을 잃지 않는다면 우리는 무너지지 않는다.

***

미래의 찰스 : 우리가 옳은 길을 보여주면 돼!

현재의 찰스 : 아직도 그게 가능하다고 믿어?

미래의 찰스 : 잠시 가야 할 길을 잃고 헤맨다고 해서
　　　　　　　영원히 길을 잃은 건 아냐. 때론 우린
　　　　　　　모두가 도움이 필요해.

현재의 찰스 : 수많은 목소리, 그게 고통스러워.

미래의 찰스 : 네가 두려워하는 건 그들의 고통이 아니라 너 자신의 고통이야. 그 고통이 널 강하게 만들어줄 거야. 마음을 열고 느끼면 돼. 받아들여. 그러면 네가 상상했던 것 이상의 힘을 얻게 될 거야. 우리가 가진 가장 위대한 능력은 그들의 고통을 감내하는 것이고, 그 가장 큰 능력은 가장 인간적인 면모, 희망이야.

_영화 〈엑스맨 : 데이즈 오브 퓨처 패스트〉 중에서

01.

특별한 사람이 된다는 건

주변을 살펴보면 꼭 한 명씩은 대인관계가 원만하고, 많은 사람에게 사랑받는 '매력쟁이'가 있다. 어떻게 저렇게 많은 사람을 동시에 챙기고, 또 모두에게 사랑받을 수 있는지 대단해 보이지만, 오히려 이들의 비결은 '사소한 것에 집중한다'라는 것이다. 이들은 누군가를 위해 거창한 일을 하거나 값비싼 선물을 주지 않는다. 가장 기본적인 것에 집중한다.

당신도 한 번쯤은 겪어본 적이 있을 것이다. 학창 시절, 남들보다 부유한 집안 환경으로 누군가와 쉽게 가까워지기 어려웠던 경우 말이다. 누군가가 그들의 부유함을 악용하려고 하거나 본인 스스로 그 부유함을 통해서만 친근함을 표시하는 나쁜 습관이 들어버린 것처럼 말이다.

오히려 남들보다 이로운 점을 가지고 출발할수록 역설적으로 사랑 받는 게 쉽지 않다. 기본적으로 동일선상에 있지 않기 때문이다. 이용하거나 이용당하거나 둘 중 하나이다. 물론 전부 그런 건 아니지만, 동일선상에 있지 않은 사람과 쉽게 친밀감을 형성하지 못하는 건 인간의 안쓰러운 본성 중 하나이다.

하여간 상대방에게 큰 호의를 베풀거나, 값비싼 선물을 주거나, 항상 그 사람 곁을 맴도는 그런 것보다는, 그 사람의 사소한 것들을 기억해주는 것이 원만한 대인관계를 형성하는 데 더욱 큰 도움이 됐다. 왜냐하면 사소한 것들을 기억해주는 행동은 모든 사람이 가지고 있는 '누군가에게 특별한 사람이 되고 싶은 욕망'을 채워주기 때문이다.

모든 인간에게는 욕구가 있다. 그런데 현대사회에서는 웬만한 욕구는 스스로 채울 수 있다. 식욕, 수면욕 같은 기본적인 욕구는 현대사회가 웬만해서는 보장해준다. 하지만 딱 하나, 누군가에게 특별한 사람이 되고 싶은 마음만큼은 누군가와의 유대감을 통해서만 채워질 수 있다.

따라서 당신이 상대방의 사소한 것을 기억해주면, 그 사람은 자연스럽게 '당신이 자신을 특별하게 여긴다'라고 생각하게 된다. 왜냐하면 사소한 것을 기억한다는 건 보통 관찰에 의해서가 아니라면 알기 쉽지 않다. 즉 사소한 것을 기억해준다는 건 '상대방이 날 관찰한다'라는 것을 의미한다.

더 나아가 인간은 자신이 특별하게 생각하지 않는 것을 관찰하지 않는다. 관심 있고 특별하게 생각하는 것만 관찰한다. 상대방의 나에 대한 시선을 통해 나를 어떻게 생각하는지 판단하는 것이다. 나 또한 그 사람을 특별하게 생각하게 된다. 인간 사이 처세술에는 대단한 기술이 필요치 않다.

항상 누군가를 챙기고, 매일 함께하며 살아간다면 인간관계에 신물이 날 것이다. 하지만 아주 사소한 노력으로 많은 사람을 행복하게 만들어 줄 수 있다는 것. 그것을 반드시 기억해야 한다.

02.

너의 마음을 느껴보는 일

별것 아닌 일에도 대화를 나눌 때마다 크게 반응해 주는 이들이 있다. 눈을 똑바로 마주한 채 함께 슬퍼해 주고, 자기 일처럼 기뻐해 주는 이들. 그들의 공감이 실제로 내 삶에 영향을 끼치지는 않아도 공감받는 것만으로 기분이 나아지곤 한다.

내가 느끼는 기분이 잘못된 것이 아니라는 사실 때문에, 모두 비슷한 감정을 느끼며 살아간다는 사실 때문에 현대사회에서는 더 이상 IQ(지적 능력)만이 한 사람의 능력을 평가하는 절대적 잣대가 되지 못한다. 오히려 EQ(공감 능력)가 높은 사람일수록 타인을 공감하고, 타인이 원하는 것을 알아차려 네트워킹을 형성하며 성공하기도 한다.

자기 능력보다 거대해진 조직 내에서 얼마나 관계를 잘 형성하는지에 따라 인적 자원을 더 효과적으로 사용할 수 있다. 결국 그것이 성공의 밑거름이 되는 것이다. 별것 아니어도 상대방의 눈을 보며 웃어주고, 상대방의 눈을 보며 같이 슬퍼해 주자. 그것만으로 언젠가 내 힘이 돼줄 사람이니. 또한, 그런 이들이 곁에 있다면 놓치지 말자. 내가 힘들 때 나에게 힘을 북돋아 줄 사람이니. 그리고 그렇게 함께 집단을 형성하며 함께 꿈을 이룰 테니.

03.

문득 연락 한 통

고민으로 지새우는 너의 밤. 삶이 마냥 혼자인 것
만 같은 그런 날. 혼자 태어나 혼자 죽는 게 삶인 것
같은 날. 너의 밤이 혼자가 아니라는 걸 깨닫게 해주
는 게 나였으면 좋겠다. 문득 네 생각이 나서 보낸 내
안부 한 통이, 하필 너의 외로운 순간 한 줄기 빛살
같으면 좋겠다.

사는 게 혼자 같겠지만, 사실 늘 누군가와 함께 나아가는 것이라는 걸 네가 알았으면 좋겠다. 네가 모든 게 혼자라고 느낀다면, 나도 사실은 혼자인 거니까.

너 또한 삶이란 누군가와 함께 걸어가는 것으로 생각해야만 비로소 내 곁에 너 또한 있는 것이니까.

혼자가 아니라는 사실을 깨닫기 위해 외로움이 가끔은 밤에 엄습한다는 사실을 잊지 않았으면 좋겠다.

04.

어른의 관계

누군가가 나에게 서운함을 표현할 때, 가장 해서는 안 되는 일이 있다. 가슴 속에 묻어둔 일을 꺼내며 "너도 예전에 이러지 않았어?"라고 반박하는 일이다. 혹여 이전에 상대방이 나를 서운하게 만들었다고 해도 그때의 일은 그때 공론화해야 했다.

서운함을 표현하는 타이밍이 나 자신의 실수를 가리기 위한 방패막이가 돼서는 안 된다. 그렇게 되면 실제로 상대방에게 고쳐야 할 것에 대해 건전한 지적을 하는 일이라고 해도 상대방은 수용하기가 어렵게 된다. 그러니 서운한 일이 있다면 그때그때 이야기하고, 상대방이 나에게 서운함을 표현할 때는 가감 없이 그 서운함에 대해서 들어줘야 한다.

상대방이 원하는 건 다툼이나 싸움이 아니다. 나와 서운함을 풀고, 서로의 관계를 더 친밀하게 다지고 싶은 것이다. 서로에게 책임을 미루며 다투고 싶은 것이 아니다. 상대방이 서운함을 표현할 땐, 우선 상대의 말에 귀 기울여주는 것이 제일 중요하다.

각자의 행동의 책임은 각자의 것이다.

05.

사랑받는 어려움

항상 자기 주제를 알아야 한다. 사랑받음에 감사
할 줄 알아야 한다. 내가 잘나서 친구들이 내 곁에 남
아주는 것도, 내가 잘나서 사랑받는 것도 아니다. 나
에게 사랑을 주는 사람들의 감정에 진심으로 감사할
줄 알아야 한다.

사랑받아 마땅한 이라고 해도, 주위에 상처와 불신이 가득해 사랑 주는 법을 모르는 이들만 가득하기에 일평생 사랑받지 못할 수도 있고, 사랑받아 마땅하지 않은 이임에도 불구하고 받은 사랑만큼 돌려받을 줄 아는 이들만 주변에 가득해 자신의 마음마저 따스하게 스며드는 이도 있다.

사랑을 받는다는 건 그만큼 내가 가능하게 만드는 것이 아니라, 사랑을 줄 수 있는 이들이 주변에 있기에 가능한 일인 것이다.

내가 잘나서가 아니다.

나를 사랑해주는 이들이 감사한 것이지.

06.

한마디 말을 건네도

내 곁에 예쁘게 말하는 사람을 두려고 하기 전에, 내가 먼저 예쁘게 말하는 사람이 되자. 낯부끄럽지만 살며시 말을 건네보는 것이다.

"보이지 않는 곳에서 애쓰고 있는 당신, 참 애썼다. 살아가는 게 전부 기쁘고 행복하기만 할 순 없겠지만, 그래도 우리가 함께하고 있지 않은가?"

먼저 예쁜 말을 건넨 순간에 사람과 사람 사이에 마음이 따스하게 스며들고, 우리는 그 따스함으로 힘든 세상을 견디며 살아갈 수 있다. 자신을 늘 극한으로 내몰며 힘을 내고 더 열심히 살아가야 하는 요즘, 그래도 고생했다고 해주는 누군가의 토닥거림에 우리는 살아갈 수 있다.

그런 사람이 주변에 없다면, 내가 먼저 그런 사람이 되어주자. 마음은 술래잡기 같아서 쉽게 찾기는 힘들지만, 내가 먼저 마음을 드러내고 표현하면 숨어 있던 이들의 마음도 언제 그랬냐는 듯 자신의 마음을 활짝 보여준다.

함께 손을 잡아주는 게 타인과의 관계다. 서로 지지하고 응원해주는 것, 그것 하나로 내 삶 전부가 비극 같아도 너 하나만 있으면 된다고 우리는 말할 수 있으니까.

누군가에게 사랑받기 전에 사랑을 주는 마음으로 당신이 행복할 수 있기를.

07.

실수투성이

누구나 모든 게 힘들고 부질없다고 느껴질 때가 있다. 내가 지금껏 해온 모든 것이 다 실수투성이라고 느껴지고, 그로 인해 많은 것들이 무너지는 것만 같고. 나에게 의미 있는 것이라곤 아무것도 없을 때가 있다.

하지만 생각해보자. 실수하지 않도록 정교하고 완벽하게 만든 기계 또한, 고장이 나고 결함이 생길 때가 있다.

하물며 우리 사람들은 어떠할까? 우리는 완벽할 때 의미 있는 존재가 아니다. 실수했을 때 그 실수를 만회하고, 넘어졌을 때, 다시 일어설 때 의미 있는 존재들이다.

그 어떤 것도 부질없는 것도 없고, 이대로 끝나는 것도 없다. 힘이 들 때 세상이 끝난 것 같겠지만, 어떻게든 내일은 오고, 또다시 살아가고 싶은 이유가 생기기 마련이다.

오늘의 해가 어제보다 밝지 않아도 뜨듯이.

내일의 해가 오늘보다 밝다고 해서 오늘이 불행하지 않듯이.

08.

외로우면 좀 어때

외롭다. 언제나 고독하고, 늘 쓸쓸하다. 주변에 사람이 없어서 외로운 게 아닌 내가 막상 외로울 때 찾을 사람이 없어서 고독함을 느낀다.

우리는 가끔 숨 막힐 정도의 외로움을 느낀다. 그 외로움을 채우고자 사람을 만나거나 현실 도피를 위해 엄청나게 잠을 자곤 한다. 채워지지 않은 갈증을 채우려고, 때로는 '을'을 자처하는 연애를 하곤 한다.

절대 채워지지 않은 외로움이란 밑 빠진 독에 물 붓기다. 외로움의 정체는 바로 인간 모두가 가지는 '절대고독'이다. 이는 인간 모두가 가지고 있으며 배우자나 친구, 가족 등 그 무엇으로도 해결할 수 없는 감정이다.

대학 시절, 철학과 교수님이 해준 말이 있다.

사람들과 유대를 맺으며 충분히 해결되는 감정도 많이 있지만 절대 해소되지 않는 절대고독이 있다. 그 까닭은 아무리 충분히 나누고 많은 대화를 한다고 해도 상대방이 내가 돼볼 일은 없기 때문이다. 어느 정도 공감은 할 수 있겠지만, 누군가가 내 마음을 완벽하게 알아주는 건 불가능하다는 것이다.

그렇기에 인간은 모든 관계 중 자식에게 가장 큰 사랑을 느낀다고 하지 않나. 나로 인해 태어났으니 훗날 나의 마음을 가장 이해할 수 있는 존재이기 때문에. 참 흥미로운 얘기여서 아직도 기억에 남는다.

겉으로는 웃으며 대한다고 할지라도 속은 그렇지 않다는 걸 관계가 어긋나면서 본능적으로 알아차리기에 대부분 사람은 인간관계에 대한 회의를 느낀다. 그러면서 외로움을 느끼게 된다. 그래서 기댈 수 있는 곳을 찾는다. 절대고독이라는 해소되지 않은 무언가를 알아차리지 못한 상태로 끊임없이 방황하는 것이다.

주변에 사람이 없는 게 아니다. 어떤 짓을 해도 해소할 수 없는 고독이 있다. 굳이 해소하려 하지 마라. 좀 외로우면 어떤가? 우린 외로운 존재이기에 누군가에게 좋은 사람이 되려고 노력하고, 멋있어 보이기 위해 노력하고, 자기 자신을 발전시키기도 한다.

모든 인간이 전혀 외롭지 않다면 오히려 각자 알아서 잘 살았을 것이다.

닫는 말

나는 사람을 판단할 때 상대방의 나이로 판단하지 않는다. 생물학적인 부분이 아닌 사적으로 관계를 맺을 때 그 사람의 인격과 인성을 말하는 것이다. 내가 본받고 싶고 정신적으로 성숙하다 싶은 사람은 모호함을 잘 읽어낸다. 모호한 말이더라도 상대방의 표정과 제스처, 말투를 읽어내어 그의 의도에 근접한다.

마음을 헤아리는 일은 누구나 노력하면 할 수 있는 일이지만, 시간을 특별히 할애하여 고민하고, 상대방의 입장도 돌이켜보는 것이기에 말은 쉬워도 결코 쉬운 일이 아니다.

사람마다 깊이의 차이는 있지만, 본받고 싶은 사람은 모든 일에 대해 생각을 거듭하는 습관이 있다. 생각을 하면 할수록 더 많은 생각과 더 좋은 생각을 할 수 있게 된다. 이와 반대되는 사람은 생각 없이 말을 내뱉으며, 자신의 단점은 바라보지 못한다. 상대의 장점은 인정 못 하고, 그 가치를 깎아내리기 위해 헐뜯는 발언을 한다.

이런 무례함이 반복되다 보면 처음부터 더 이상 잃어버릴 가치가 아예 없어지는 어리석은 사람이 될 수 있다.

자신이 무엇을 놓쳤는지 모르는 사람과 자신이 놓친 것이 없는지 생각하는 사람은 사고의 깊이에서 차이가 난다. 이런 사람은 초반에는 그럴싸하지만, 결국은 겉만 화려한 포장지에 지나지 않는다. 막상 내용을 열어보면 아무것도 없다.

나는 어떤 사람인가.

소중한 사람의 마음을 얼마큼 헤아렸는지,

타인에게 알게 모르게 무례한 언행을 하지 않았는지 스스로 되돌아보자.

사랑하는 친구에게

어찌 보면 가족보다, 연인보다 더 내 인생의 많은 부
분을 함께 하는 친구. 함께 긴 시간을 보내는 만큼 전
달하지 못했던, 숨겨두었던 고마움을 표현해보세요.

....

....

....

....

....

....

....

....

....

....

Chapter 4.

나 자신에게
하고 싶은 말

"가장 사랑해줘야 하는데
가장 낯설기도 하고
가장 가까운 관계.
말 한마디 건네기 어려운
영원한 내 친구, 나 자신."

여는 말

밤마다 외로움과 공허함에 시달리며 죽음에 대한 두려움이 가득했던 시절이 있었다. 나에게 죽음이란, 이 세상에서 모두가 나아가고 살아가는 상황에서 나 홀로 남겨진 외로움, 즉 무리 속에서 일어나는 따돌림 같았다. 다른 사람과 어울리지 못해도 초연할 수 있었지만, 죽음 앞에서는 한없이 작아지고 무기력해지는 모습을 스스로 느끼며 '난 참 죽는다는 사실을 두려워하고 있구나' 싶었다.

열 살의 어린 나이 때부터 사후(事後) 세계에 관심을 가졌고, 동시에 생(生)을 마감하는 것을 두려워했다. 이런 사고를 하게 된 까닭은 내 어린 시절의 외로움이 낳은 산물 같다. 그래서 높은 건물에 있으면 밑을 내다보기가 두렵고, 놀이기구도 무서워할 정도로 일상생활에도 꽤 큰 영향을 받았다.

철학자 니체(Nietzsche)가 남긴 말이 있다.

"자신의 모든 행위는 다른 행위와 사고, 결단 등을 끌어내는 요인이 되거나, 또는 지대한 영향을 미친다. 어떠한 행위도 전혀 영향을 미치지 않는 것은 없다. 자신의 행위로 인해 일단 발생한 현상은 항상 어떤 형태로든 다음에 일어나는 현상과 단단히 이어져 있다. 먼 과거 옛사람들의 행동조차 현재의 현상과 강하게, 혹은 약하게 결부되어 있다. 모든 행위나 운동은 불변한다. 그리고 한 인간의 작은 행위도 불변한다고 할 수 있다. 결국, 우리는 영원히 살아가는 것이다."

우리는 태어난 순간부터 흐르는 시간의 순풍이 자기 삶과 맞닿아서 생의 마지막 순간까지 인도한다. 어떤 이는 그 과정에서 삶의 의미를 발견하고, 어떤 이는 죽음에 대해 깊은 사색을 한다. 또 어떤 이는 이 세상 너머의 또 다른 세계를 바라보며 산다. 그게 아니더라도 어떤 의미 부여도 하지 않은 채 살 수도 있겠다.

그런데도 니체의 말에 내가 위안을 받은 건, 내가 세상에 남긴 발자국이 영원히 살아있으며, 이와 동시에 나라는 존재가 사람들의 인식 속에 사라지지 않는다는 것이다.

그러면 이제 얘기가 달라진다. 필멸의 존재라는 인식에서 길이길이 메시지를 남길 수 있는 사람이라는 것을 깨닫는 순간, 죽어가는 인생이 아니라 하루하루 살아가는 주체적인 삶이 된다. 삶에, 사람에, 사랑에, 일에 치여서 살 때 간혹 우리는 죽음을 잊고 살아간다. 좋은 의미든 아니든 상관없이.

그러나 잊지 말아야 할 건, 오래전부터 전해져온 사상이 나의 가치관에 지대한 영향을 미치듯이 당신의 세계관 역시 누군가의 전부가 될 수도 있다는 점이다. 당신의 모든 몸짓과 언어들이 세상을 만드는 데 일조한다.

나의 두려움을 떨치도록 도와준 어느 철학자의 말처럼, 또 그의 글을 읽을 수 있도록 내게 손길을 내밀어준 작가님처럼 우리의 작은 행동과 한마디 말이 큰 힘이 되고, 또 다른 세상을 형성한다.

'내 영원한 삶을 이루는 세계관은 현재 어떤 모습인가.'

'이 지구상에 어떤 발자취를 남기고 갈 것인가.'

무심하게 흘러가는 시간 속에서 한 번씩 나 자신에게 던져야 할 질문이다.

01.

강철 멘탈이
문제를 대하는 태도

불행한 순간이 찾아왔을 때 힘들어하며 신세 한탄을 해 봤자 바뀌는 건 아무것도 없다. 오히려 시간 낭비가 되고, 쓸데없는 감정 소비를 할 뿐이다. 내가 봐온 위기에 강하고 어려움을 극복해내는 사람들은 문제를 대하는 태도에서부터 비범한 모습을 보였다.

우리는 살면서 많은 문제에 직면한다. 그 문제에 직면한 사람들은 저마다 다른 반응을 보인다. 물론 대부분 사람은 그 문제로 인해 힘들어하고 괴로워한다. 평탄하기만 했으면 싶은 인생인데 문제가 생기니 견디질 못한다. 즉, 애초에 삶은 문제가 늘 생기는 구조인데, 문제가 생기지를 않기를 바라니 그에 대한 저항력 자체가 낮아지는 것이다.

하지만 오랜 세월을 거쳐 멘탈(Mental)이 강해진 사람은 기본적으로 '삶은 늘 문제가 있다'라는 사실을 받아들인다. 문제가 생겼을 때도 '괴로워한다고 문제가 해결되나?'라는 생각을 기본 전제에 깔고, 오히려 가만히 있으면 문제는 악화만 되어간다는 걸 알고 있다.

그러니 괴로워할 시간에, 괴롭다고 해도, 눈을 번쩍 떠라. 그리고 문제를 직면하라. 괴롭더라도 이를 악물고 해결 방법을 모색하라. 역경 때문에 고통스러운 것이니, 고통의 시간을 줄여라. 일 초라도 더 빨리 해결해서 앞으로 나아가라. 그것이 진정 나를 위한 거다.

02.

할 일을 미루지 말자

살면서 가장 떨쳐내기 힘든 습관 중 하나가 바로 '미루는 습관'이다. 오늘 할 일을 내일로 미루면서 '내일의 내가 어떻게든 해내겠지'라는 생각은 최악의 마인드다. 그 '내일의 나'도 해야 할 일을 '내일의 나'에게 넘기는 게으른 인간일 테니 말이다. 결국 '내일의 나'는 지금의 나다.

삶은 연속적으로 이어진다. '지금의 나'가 '미래의 나'가 된다. 습관이 인생을 결정한다는 말처럼 '지금의 나'가 '내일의 나'를 결정짓는 것이다. 그러니 미루는 습관은 최악의 습관 인만큼 당장 버려야 한다. 그리고 할 일이 생기면 바로바로 하는 게 좋다. 당장 현재에 충실한 내가, 미래에도 해야 할 일을 미루지 않는 인간이 되어있을 테니 말이다.

해야 할 일을 미루지 않는 방법은 바로바로 실행에 옮기는 것이다. 특히 '이따가'라는 말은 금지다. 언제까지 할지 시간도 정해놓지 않은 이 표현은 미루는 습관을 만드는 데 있어 딱 좋은 말이다. 앤드류 엘리엇(Andrew Elliott)의 심리학 실험에 의하면 목표를 달성하기 직전에 사람들의 기분이 나아진다고 한다.

우리가 할 일을 미루는 이유는 단순히 하기 싫다는 생각 때문이다. 누가 좋아하는 일을 하는데 미루겠는가. 이때 해결할 방안은 역시나 앞서 말했듯 바로 시작하는 것이고, 시작이라도 하다 보면 어느새 목표를 달성하는 자랑스러운 나의 모습이 보일 것이다.

03.

화가 많은 탓에 괴롭다면

●

영화 〈어벤져스: 엔드게임〉에는 이런 말이 나온다. 자기 어머니를 죽인 '윈터 솔져'를 감싼 캡틴 아메리카를 용서하며 내뱉는 아이언맨(토니 스타크)의 대사다.

'분노가 내 영혼을 지배하게 두고 싶지는 않아.'

누군가에게 크게 화를 내는 분노나 미워하는 증오, 고통을 되돌려 갚는 복수의 감정들은 우리가 살아감에 있어서 반드시 버려야 한다. 분노와 증오, 복수는 가성비가 안 좋다. 행복을 찾기 위해 끝없이 노력해도 조금이라도 찾아낼 수 있을까 말까이다. 분노와 증오, 복수의 대상은 삶 어디든 곳곳에 있고, 내가 하고자 한다면 늘 그 감정을 바탕으로 분노하고, 증오하며, 복수하는 굴레에 빠질 것이다.

마음이 병들어가는 건 덤이다. 무엇보다 힘든 건 분노의 감정에 지배당하고 있으면 원망하는 대상을 스스로 닮아가는 자신을 발견하게 된다. 나 또한 한동안 화가 많은 탓에 매번 감정을 표출하고, 주변에 부정적인 영향을 주기도 해봤다. 이때를 기억하면 마냥 피해만 줬다고 생각했는데, 그들은 화가 많아진 내게 '가슴 아팠다'라고 말해주었다.

이때 정확히 알았다. 나 자신만 다치는 게 아니라 사랑하는 사람을 힘들게 하는 것은 물론 그들이 걱정한다는 것을 말이다.

물론 무차별적으로 막말을 퍼부으며 화내면 주변 사람 모두 나를 멀리하겠지만, 나뿐만 아니라 소중한 사람의 마음마저 병들게 할 뻔했다고 생각하니, 꽤 반성해야 할 일이다.

분노가 당신의 가슴을 지배하게 두지 마라. 당신만을 위해서가 아니다. 적어도 화낼 때 괴롭다면 나를 힘들게 하지 말자. 좋은 곳에 집중해도 행복할까 말까인데, 바라는 이상(理想)을 실현하고자 최선을 향해 달려가도 모자란 우리 인생이다. 분노가 가슴을 지배하게 두면 끝도 없이 잠식된다.

우리는 미워하기 위해 태어나지 않았다.

사랑하고 행복하기 위해 태어났지.

04.

운이 좋아서 잘 됐다는 말

세상에서 가장 성공했거나 부자인 사람을 꼽는다면 떠오르는 몇몇 사람들이 있다. 우리가 아는 일론 머스크, 빌 게이츠, 래리 페이지 등이 이에 해당한다. 그들에게 성공 비결을 물었을 때 놀랍게도 한결같이 공통점이 있었다. 그들은 자신의 노력이나 탁월한 감각 등의 능력보다 '운'에 대한 이야기를 했다.

'운이 좋아서 성공했다'라는 말에 다소 억울한 마음이 들었다. 그렇다면 반대로 '다른 이들은 운이 없어서 성공하지 못한 걸까?' 궁금했다. 이에 대한 정답을 찾기까지는 그다지 오랜 시간이 걸리지 않았다.

운 심리학자 유민지 씨는 운에 대해 "자신의 노력으로 어쩌지 못하는 아주 작은 상황이나 순간을 자신의 노력보다 높이 사고 있는 것"이라 말했다. 즉 자신이 통제할 수 있는 범위 안에서 할 수 있는 노력은 모두 다 했다는 의미다.

마치 이런 것이다. 무대에 서는 가수가 만반의 준비가 된 상황에서 컨디션까지 좋아서 무대를 성공적으로 마무리하는 것. 사업주가 하루 12시간씩 주 6일로 일하는 상황에서 딱 하루 쉬는 날에 우연히 모임에 나갔다가 평생 함께할 거래처나 비즈니스 파트너가 생기는 일과 같다.

인간에게는 언제나 몇 번씩 기회는 찾아온다. 그때가 바로 내 삶에 있어서 운이 가장 좋은 때이다.

그런데 그때 준비돼있는 사람은 그 운을 잡아챈다. 그리고 기꺼이 나의 것으로 만들고, 그 행운을 성공으로 이끌어간다. 하지만 준비가 전혀 안 된 사람은 자신에게 기회가 왔을 때 그게 기회인지조차 알아보지 못한다. 준비가 안 돼 있으니 시야가 좁고, 운을 가로챌 능력 또한 없는 것이다.

분명 성공에는 운이 크게 작용한다. 이는 부정할 수 없는 사실이다. 하지만 운이 없어서 거듭 실패만 했다고 세상을 원망하는 사람치고, 나는 단 한 번도 준비돼있던 사람을 본 적이 없다. 준비돼있는 사람은 아직 행운의 때가 찾아오지 않았어도, 세상을 원망하기보다 날카로운 눈빛으로 사냥감을 찾아 헤매듯 늘 긴장 상태로 세상을 응시하고 있으니까.

세상을 원망할 시간 따위 없다.

나에게 올 행운을 가로챌 그 시기를

숨죽여 기다려야 하기에.

05.

우울할 때 기분 관리하는 방법

유난히 기분이 축 처지고, 아무것도 하기 싫은 날이 있다. 무기력에 빠져 그냥 누워만 있고 싶게 하는 원인, 우울한 감정 때문이다. 그렇다면 우울감에는 어떻게 대처하면 좋을까? 세 가지 방법이 있다.

첫 번째로 움직이는 것이다.

걷기나 가벼운 산책과 같은 행위로 내 몸을 적극적으로 움직일 수 있도록 하자는 말이다. 우리는 머리로 생각하고 감정으로 느끼지만, 실제로 항상 움직이고 있는 것은 몸이다. 그런데 사람은 우울해질수록, 마음이 움츠러든 만큼 움직임 또한 움츠러든다.

몸은 마음을 담는 그릇이다. 그래서 '건강한 몸에 건강한 정신이 깃든다'라고 하지 않는가. 그 때문에 마음이 울적한 만큼 더 활동을 멈추려는 습성이 있다. 그러니 더 적극적으로 움직여줘야 한다.

철학자 니체 또한 이런 말을 했다.

"그대여 절망에 빠져있을 때, 춤춰라."

몸을 움직인다는 건 단순하게 움직임을 의미하지 않는다. 인간 행동의 총체다. 몸을 이용해 음악에 맞춰 박자를 타는 것만으로 스트레스가 풀린다.

엘리베이터 대신 계단을 이용해 땀을 흘리고, 감정만큼 움츠러든 몸을 움직이면서 우울한 감정 루틴에서 벗어나고자 노력하는 것. 그 마음을 가지기 시작하는 것만으로 바뀌기 시작한다. 마음의 움츠러듦을 몸의 활기참으로 풀어주는 것이다.

두 번째는 밖으로 나가 햇볕을 쬐는 것이다.

이것 역시 움직이라는 말이냐? 아니다. 전혀 다른 개념이다. 햇볕을 쬐어야 하는 이유는 바로 '호르몬' 때문이다. 인간의 몸에는 기분을 관리하고 유지해주는 호르몬이 있다. 즉 나의 감정 상태에 따라서 기분이 좋고 나쁜 것이 아니라 '호르몬의 부족'으로 기분이 가라앉거나 높아질 수 있다.

쉬운 예로 연인들이 사랑에 빠질 때 '도파민'이라는 신경전달물질의 향연이 벌어진다. 연애 초기에 그 사람이 보고 싶고, 가장 뜨거운 시기인 것도 이런 이유 때문이다. 그 외에 인간의 뇌에는 행복감을 담당하는 '세로토닌'이라는 호르몬이 있는데, 이 호르몬은 햇볕을 많이 쬘수록 더 많이 분비된다.

말레이시아의 부족 중에 '바자우족'이 있다. 이들은 돈이 없어 땅 위에 살지 못해서 바다로 쫓겨났는데, 작은 배를 집으로 개조해 온 가족이 살아가는 부족이다. 그런데도 이들은 항상 미소를 지으며 행복해하고 있다. 왜 그런지 과학적으로 접근한 결과, 이들은 항상 햇볕 아래에서 생활하며 햇볕을 많이 쬐다 보니 일반적인 사람들보다 세로토닌 분비량이 월등히 높았다고 한다.

또한, 우울할 때는 잠을 많이 자거나 혹은 불면증에 걸릴 수도 있다. 나도 한창 우울해서 집에만 있을 때는 해가 뜰 때까지 잠을 자거나 밖에 나간 적이 없었다. 그래서 잘 안다. 현재 자신의 상황이 힘들고 우울할 수도 있겠지만, 그럴수록 몸을 움직여 움츠러든 마음을 풀고, 햇볕을 쬐어 내 몸이 행복감을 느낄 수 있도록 노력해야 한다.

내가 우울의 늪에 빠져있다고 해서 그 누구도 구해주지 않는다. 나 스스로 일어서야 한다. 그렇지 않고 누군가가 손을 잡고 데리고 나가준다면 절대 거절하지 말고 따라가는 게 좋다.

앞에서 말한 두 가지 행동을 통해 힘을 얻었다면, 마지막으로 그동안 귀찮아서 미뤄두었던 일을 하나하나 해치우기 시작하라. 어질러진 방을 치우고, 미뤄두었던 설거지를 하고, 지저분한 것들을 깨끗하게 정리한 후에 나를 우울하게 만들었던 일도 해결하기 위해 다시 움직이기 시작하는 것이다.

공간이 주는 힘은 어마어마하다. 사무실에 가면 더 일에 집중해야 할 것 같은 기분이 들고, 운동도 집에서 혼자 하는 것보다 같은 목적을 지닌 사람들과 같은 공간에서 하는 건 에너지 자체가 다르다. 우울할 때 방이 지저분해졌다면 청소하라. 그 안에 당신이 우울하게 만든 원인이 있을지도 모른다.

결국 내 문제는 스스로 해결해야만 한다. 소중한 나를 챙긴다는 마음으로 우울한 기분이 들 때마다 몸을 움직이고, 햇볕을 쬐며, 방을 청소하는 것만으로 나아진다면 썩 괜찮은 방법이 아니겠는가. 우리가 못나서 우울감에서 못 벗어나는 게 아니다. 그저 우울감에서 어떻게 빠져나오는지를 몰랐을 뿐.

06.

두려움은 내가 만들어낸
허상에 불과하다

일단 시작하자. 해보고 싶은 건 많은데 머릿속 상상으로만 그치다가, 그렇게 살다가 삶을 끝낼 것인가? 잘 생각해보자. 죽기 전에 생각나는 건 '얼마를 벌었나'가 아닌 도전하며 쌓아온 추억과 성취다. 도전하지 않고 결정적인 순간에 망설이다가 놓친 것들을 후회하며 살아가는 것도, 죽기 전에도 후회하는 게 우리 인생이다.

그런데도 우리는 '도전'이라는 단어에 유독 두려움을 느낀다. 애초에 도전이라고 하면 그 안에 엄청난 위험이 나를 기다리고 있고, 역경과 고난이 찾아올 것만 같은 느낌이다. 그렇다 보니 도전하기보다 늘 정해진 루틴에서 안정적인 방향밖에 나아가지 못한다.

그런데 사실 그 안정적이라고 하는 일들도 도전하지 않으면 이루어낼 수 없는 일들이다. 공부를 열심히 해서 대학 진학을 도전해야 하며, 어떤 직업을 얻기 위해 취업에 도전해야 한다. 어차피 같은 도전이라면 내가 하고 싶은 일에 도전하는 것이 더 효율적이지 않나? 내가 좋아하는 일이기에 더 최선을 다해서 임할 테니까.

시간이 얼마나 걸리든 남들만큼 빠르게 가지 못하고 좋은 결과가 나오지 못한다고 하더라도 최선을 다했으면 이에 대해 미련을 남기는 일은 없을 것이다. 적어도 아무것도 못 해본 것과 비교하면 후회를 남길 일은 없다.

내가 하고 싶은 일을 하면 반드시 위험이 생길 거라는 착각. 남들이 안전하다는 일을 하면 반드시 평탄할 거라는 오만. 삶에 있어서 그런 건 없다. 늘 불안정하고, 우리는 예측 불가능한 미래를 살아가기에. 모든 것은 변하기에. 변하지 않는 건, 모든 것들이 변한다는 사실뿐이다. 그런 삶에서 안정을 호소하며 나로 태어나, 내가 기꺼이 도전해보고 싶은 내 자아를 실현해줄 일들을 내팽개쳐 두고 살아간다는 건 너무 아쉬운 일이다.

실패해도 좋다. 남들이 하라는 일을 했어도 실패했을 수도 있다. 누구라도 인생에 몇 번 실패를 맞이한다. 그 실패 중 한 번을, 이왕이면 내가 좋아하는 일을 하다가 실패했다고 생각하면 된다. 그러면 실패가 아니라 경험이 된다. 그리고 평생 못 해볼 것만 같았던 나의 도전을 해봄으로써 한층 성장한 인간이 된다. 그 경험은 내 삶을 더 나은 길로 인도하고.

07.

몸과 마음을 단련해야 강해진다

●

성공해서 잘 사는 사람들을 보면 몇 가지 공통점이 있다. 먼저 자신의 정신을 단련한다. 몸가짐을 바르게 하려고 마음에 탁한 생각을 집어넣지 않는다. 고민에 고민의 꼬리를 물어 걱정에 뒤척이지 않는다. 매일 술을 마시고 신세 한탄하며 후회의 감정을 퍼트리지도 않는다. 생활 패턴이 엉망으로 무너져서 어떤 생산적인 일도 하지 않는 사람치고 잘사는 사람을 본 적이 없다.

인간의 뇌는 보통 밤 열 시에서 새벽 두 시 사이에 호르몬을 가장 많이 분비한다. 해가 뜰 때 하루를 시작하고, 달과 함께 잠드는 사람들은 늘 정신이 강하다. 성공한 사람들이 그토록 강조하는 '일찍 자고, 일찍 일어나라'라는 말은 다 이유가 있는 것이다. 그러나 생활 패턴이 다르다고 해서 잘못된 건 아니다. 자신의 직업이나 업종에 따라 그저 다른 것뿐이다.

우리가 정신적으로 안정적임을 말할 수 있는 근거는 호르몬이다. 몸에 충분히 필요한 만큼의 호르몬을 가지고 있으면 중심을 든든하게 잡을 수 있다. 즉 호르몬이 안정적이고 정서적으로 괜찮으면, 기분이 나빠진다고 해서 크게 흔들리지 않는다. 어떤 일이든 이겨낼 수 있는 밑거름이자 힘이 되는 것이다.

또한, 신체의 건강은 정신의 단련으로 자연스럽게 이어진다. 마음에 누군가를 미워하거나 분노하는 탁한 마음을 가질 일이 없게 된다. 부정적 감정은 호르몬의 부족과 불규칙한 생활 패턴에서 나오는 것이다.

자연스럽게 주변에 대한 정리 정돈은 기본이다. 내가 가지런하니, 주변 또한 가지런하다. 이는 극한의 효율성을 준다. 좋은 환경에서 좋은 상태를 유지하기 때문이다. 태도는 자세를 개선하며, 자세는 가지런함을 개선한다. 가지런함은 기능을 개선하며, 기능은 효율을 개선한다. 그리고 효율은 건강을 개선한다.

결과적으로 이 또한 정신이 단련되고 건강해지는 것으로 이어진다. 궁극적으로 정신에 대한 단련과 그 단련을 위한 몸을 올바르게 하는 마음가짐은 한 인간의 넘쳐나는 생명력으로 표출된다. 건강한 인간일수록 생명력이 넘쳐난다. 그러니 잘 살고 싶다면 나 자신을 단련하자.

생명력 있는 인간은 눈빛부터 살아있으며, 인간 자체가 올곧고 마음이 강인하다. 이런 사람은 위기가 와도 극복할 힘이 있다. 설령 밑바닥까지 떨어진다고 하더라도 다시 일어설 수 있게 된다. 정신을 단련하고, 내 문제점을 개선해라. 궁극적으로 잘 사는 사람이 되기 위해 노력해라.

08.

나를 믿는 믿음

'나 자신을 감동시키지 못하면, 세상을 감동시킬 수 없다.'

어렸을 때부터 좋아하던 말이다. 말뜻 그대로다. 나 자신도 설득하지 못하는데 남을 어떻게 설득하겠는가. 나는 이 공식을 믿는다. 내가 나 스스로와의 유대감부터 다지지 않으면, 그 무엇도 할 수 없다는 공식.

나 자신을 감동시켜야 세상을 감동시킬 수 있다는 것. 나를 믿지 못하면 누군가가 나를 믿지도 못하고 나를 감동시키지 못하면 누군가를 감동시킬 수도 없다. 나를 사랑하지 않으면 온전히 누군가를 사랑할 수 없고, 나를 존경하지 않으면 누군가를 존경한다는 것도 어려운 일이다.

그렇다. 모든 일의 시작점은 바로 나 자신이다.

영국의 어느 성직자가 유언으로 남긴 유명한 말이 있다.

내가 젊고 자유로워서 무한한 상상력을 가졌을 때
나는 세상을 변화시키겠다는 꿈을 가졌다.
좀 더 나이가 들고 지혜로워졌을 때
나는 세상이 변하지 않는다는 것을 알았다.
그래서 내가 사는 나라만이라도 바꿔 보리라 결심
했다. 그러나 그것 역시 불가능했다.

황혼의 나이가 되었을 때 마지막 시도로
가장 가까운 내 가족을 변화시키겠다고 마음먹었다.
그러나 아무도 달라지지 않았다.
이제 죽음을 맞이하는 자리에서야 나는 깨달았다.
만일 나 자신이 먼저 변했더라면
그것을 보고 내 가족이 변화되었을 것을!
그것에 용기를 내어
내 나라를 더 좋은 곳으로 바꿀 수 있었을 것을!
누가 아는가?
그러면 세상까지 바뀌었을지!

내가 세상에 해내고 싶은 일이 있다면, 그것을 내 안에서부터 먼저 시작하는 것. 그것이 모든 일의 시작이다. 물론 알고 있다. 누군가에게 감정을 건네는 일은 은근히 쉬운데 나 자신에게 그렇게 하는 게 오히려 더 어렵다는 걸. 연인에게 사랑한다고 표현하는 일은 쉽겠지만, 거울을 보며 나에게 눈을 마주하고 사랑한다고 말해보라. 민망해서 얼굴이 붉어지고 바로 눈을 피하게 될 게 뻔하다.

그만큼이나 나 자신과 친해지는 일은 몹시 어렵다. 왜 그런가 하고 생각해봤는데, 가장 가까우니 소중함을 모르기에 그렇다고 생각한다. 나는 언제까지나 나일 테니까 내가 나를 떠날 일이 없을 것이기 때문이다. 그러니 나와의 이별이 없을 걸 알고, 나 자신에게는 소홀한 것이다.

물리적으로 붙어있다고만 해서 이별하지 않은 것이 아니다. 사랑했던 연인 사이에도 관계가 정리되지는 않았지만, 권태로움과 무관심이 가득하던 관계가 있지도 않던가. 함께하지만 '함께하는 게' 아닌 것처럼, 나 자신과의 관계도 그렇다.

진심으로 사랑하는 사람을 대하듯 나를 대해보자. 내가 무엇을 원하는지 어떤 기분인지조차 몰랐다면 한 번 살펴보자. 이런 사소한 행동 하나하나가 쌓여 인생은 바뀌기 시작할 것이다. 나답게 사는 인생의 첫걸음 말이다.

09.

어른이 되어서야 알게 된 것

어렸을 땐 난 빨리 어른이 되고 싶었다. 무엇이든
할 수 있고 자유로워 보이는 단편적인 모습 때문에
그런 것 같다. 그런데 이상하게도 나이를 먹을수록
두려운 것 천지다. 자유로워진 만큼 내가 책임져야
할 것들이 무수하게 늘어갔다.

왜 어렸을 땐 그렇게 어른이 되고 싶었을까? 누군가의 울타리 안에서 보호받는다는 사실이 얼마나 감사한 건지 몰라서였다. 내 책임을 회피해도 나에게 책임을 묻지 않아서였다. 뭔가를 책임진다는 건 사실 상당히 무서운 말이다. 내가 그만한 능력이 안 되면 감당하지 못하는 일을 떠안은 것이나 다름없으니까.

어른이 되면 누군가를 보호하는 존재가 된다. 점점 지켜야 할 것들도 많아진다. 그러다 보니 마음가짐이 달라질 수밖에 없다. 내 소중한 것들을 지키기 위해 능력을 갖추어야 하고, 좋은 관계를 유지하기 위해 감정적 희생도 필요하다. 때로는 나의 부족한 부분을 개선하기 위해 불편한 충고도 받아들여야 하는 순간이 온다.

그런데 이걸 견디지 못하고 사람과 삶에 회의를 느끼면 미래에 대한 기대조차 사라지게 된다. 그러다 보니 폭넓던 인간관계도 극단적으로 좁아져 가장 가까운 지인이나 꼭 만나야 할 사람만 만나게 된다. 그렇게 멀어지는 사람이 점점 많아진다.

어렸을 땐 여기저기서 날 찾아주는 게 기쁘고, 여러 사람과 어울려 지내며 외로움을 채웠다. 그러나 나이를 먹으니 진짜 내 사람들 말고는 아무도 이 공허함을 채워주지 못한다. 그래서인지 혼자서 하는 취미가 많아진다. 생전 처음 극장에 가 영화를 보기도 하고, 조용히 책을 읽으며 몰랐던 것을 알아가거나 평소 느낀 생각을 책을 통해 공감하기도 한다. 매일 친구들과 죽어라 마시던 술도 혼자 마셔본다. 혼자가 편하다는 것을 새삼스럽게 느꼈다.

나이를 먹는 건 외로워지는 게 아니라, 나 혼자 있어도 괜찮은 사람이 돼가는 것만 같다. 이상하다고 느낄 수도 있다. 점점 사람들과 멀어지고, 혼자만의 시간이 늘어나기에 뭔가 사회로부터 동떨어지는 것은 아닐까 스스로 두려울 수도 있다. 그렇지만 절대 이상한 것이 아니다. 오히려 어렸을 때 스스로 마음의 공허함을 채우지 못해 늘 취하고 친구들을 찾아 헤매던 시절이 더 외로웠다. 그럴 필요가 없었는데 말이다.

나이를 먹으며 혼자만의 시간과 남들과 함께하는 시간 사이에 적절한 밸런스가 생기기 시작한 것뿐이다. 도리어 수많은 인간관계는 나를 피곤하게 만든다는 걸 지극히 이해하게 된 것이다. 적절한 인간관계와 적절한 나 자신과의 시간. 두 가지가 조화를 이뤄가며 어른스러워진다.

　물론 어릴 때 비해 책임져야 할 것도 많아지고, 하루하루가 녹록지 않다는 것을 안다. 하지만 그렇게 어른이 돼가며, 하루하루 강해지고 견딜 수 있는 사람이 되는 것이다. 견딜 수 있게 되면 극복하게 되고 삶에 능숙해진다. '진짜 어른'이 되는 거다.

10.

내 언어의 한계가
그릇의 크기를 결정한다

남에 대한 험담은 자기 얼굴에 침 뱉기이며, 칭찬은 남을 높이는 일인 동시에 나 자신을 높이는 일이다. 왜냐하면 누군가의 단점보다 장점을 보기 위해서 노력한다는 사실 자체가 그 사람의 인성을 대변해주기 때문이다. 만약 누군가가 당신을 험담하고 있다면, 당신이 해야 할 일은 가뿐히 무시해주는 것이다.

험담하는 사람을 가장 기쁘게 해주는 일은 바로 자기가 험담한 대상이 스스로 무너지고 아파하는 것이다. 이는 시기와 질투심에 휩싸여 상대방을 깎아내림으로써 자신만큼 상대방도 낮아지게 하려는 나쁜 의도다. 이런 의도를 숨기고 대화하는 사람이 어떻게 대인배(大人輩)가 되겠는가.

  이들은 불편한 일을 마주하면 회피하기에 바쁘고, 스스로 책임지기를 싫어한다. 세상 그 어떤 행동도 의미 없는 행동은 없다. 자기 자신을 높여서 시기 질투하는 대상만큼 자기 자신을 진취적으로 나아가게 하는 것이 아니라, 상대방을 자기 위치까지 끌어내리는 것. 그것이 바로 험담하는 이들의 목표이다.

  험담하는 이들은 세상을 미워한다. 그래서 모든 이유를 자신이 아닌 외부에서 찾기 바쁘다. 늘 불평등하다고 느끼고, 자신은 단지 운이 없어서 이런 불행을 겪는다고 생각한다. 자신을 제대로 되돌아보지 않고 상대방을 무조건 하향 평준화하려는 것이다.

그에 비해 칭찬 일색인 이들은 세상을 밝게 본다. 상대방의 단점보다 장점을 크게 보고, 잠재력과 가능성을 바라본다. 만약 자신이 남보다 뛰어난 부분이 있다면 그 장점을 활용해 도움을 주고, 그 능력을 함께 공유하기 위해서 노력한다. 하향 평준화하려는 이들과는 반대로 세상에 긍정적인 영향을 미치고, 세상을 상향 평준화하기 위해서 노력한다. 남들의 단점을 헐뜯고 상처 줘야 할 부분이 아닌 이해하며 품어주는 것으로 여긴다.

또한, 이들은 불행이 닥쳐왔을 때는 어떤 난관도 뚫고 나갈 수 있다는 믿음과 헤쳐 나가는 노력이 있기에 절대 무너지지 않는다. 세상은 불행만큼 고난과 역경 뒤에 반드시 큰 행복을 주니까. 이것이 바로 사소하지만 큰, 당신이 말 한마디 한마디를 해도 험담보다 칭찬을, 세상을 볼 때 불만보다 기쁨을 가져야 하는 이유다.

인류애가 사라진 지금, 종종 세상을 비난할 때도 있다. 그럴 필요 없다. 그런데도 '여전히 세상은 살만 하다'라는 인식과 나와 잘 맞는 좋은 사람을 만나면, 굳이 남을 욕하며 깎아내릴 필요가 없다는 걸 자연 스레 알게 될 수밖에 없으니.

11.

마음먹은 대로
반드시 해내는 사람

나는 당신이 밤잠을 설치는 이유를 알고 있다.

일찍 잠자리에 들어도 쉽사리 잠들지 못하고, 새벽까지 이리저리 뒤척이다가 겨우 잠이 드는지 알고 있다. 매일 밤, 또다시 찾아올 내일을 위해 일찍부터 잠을 청하지만, 여전히 깊게 잠들기가 쉽지 않다. 생산적인 일을 하고 싶지만 무기력하고, 현재 상태가 앞으로도 지속될 것만 같아 두렵다.

똑같이 반복될 내일이 찾아오는 게 싫다. 지금 잠이 들면 내일도 오늘과 똑같은 하루를 반복하고, 또 내일도 그 '내일의 내일'을 준비하기 위해 일찍 자려고 노력해야 하니까. 절망이 아닌 이미 체념한 상태인 것.

시간이 지날수록 점점 타성에 젖게 된다. 흔히들 매너리즘에 빠진다고도 한다. 반복되는 일상에서 하루가 끝나 내 시간이 주어져도 자유로움을 느끼는 게 아니라, 또다시 찾아올 다음날을 미리 걱정하게 되는 것.

걱정은 고민을 낳고, 고민은 불안감을 낳는다. 그 불안감이 잠들지 못하는 상태로 만들어 더욱 힘들게 한다. 틀에 박힌 삶을 바꾼다는 건 쉽지 않다. 반복되는 일상으로부터 도망치겠다고 갑자기 세계여행을 떠날 수 있는 것도 아니니까.

나 역시 작가로서 글을 쓰면서 독자분들에게 영감을 주려고 늘 노력하지만, 한편으론 매일 반복되는 나의 일상이다. 그런데도 내가 틀에 박힌 생각을 하지 않으려는 이유는 자유로운 사고를 잃지 않기 위해서다. 스스로가 갈망하는 무언가가 없으면, 나머지는 말도 안 되는 허상이라 치부하면서 아무 도전도 하지 않게 된다.

바쁘고 분주한 일상. 틀에 박힌 삶을 살아가며 매너리즘에 빠졌다지만, 하늘을 올려다볼 시간조차 없지는 않다. 이따금 두 눈을 감고 휴식을 취하는데, 자연이 얼마나 위대한지 웅장함과 섭리에 감탄하며 경이로움을 갖는다.

삶이 바쁘고 괴로운 게 아니라 내 마음의 여유가 없었다는 걸 이내 깨닫게 된다. 삶의 무게도 분명히 있겠지만, 내 마음의 짐이 나를 꽉 억누른 것이다.

여유가 없으면 없을수록 할 수 있는 일도 제대로 못 하게 된다. 조급하게 살수록 시야가 좁아진다. 설령 달라질 것 없는 일상이라고 해도 나는 길거리에 핀 꽃을 바라본다. 가을이 오면 떨어지는 낙엽을 가만히 바라본다. 변하는 계절은 반갑고, 인생은 그래도 살만하다.

12.

역경에 맞설 수 있도록
치밀하게 대비하라

삶의 여정에서 필연적으로 한계에 부딪힐 때가 있다. 그럴 땐 걱정하게 되는데, 걱정하는 만큼 허무하고 무의미한 결과를 얻기도 한다. '당신이 걱정하는 그 일은 아직 일어나지 않았다'라는 말이 있다. 이 말을 곧이곧대로 믿고 스스로 위로만 하다가는 언젠가 '그 일'이 일어난다.

절대적으로 일어나지 않는 일은 없다. 걱정하지 말라는 말은 일이 일어나지 않은 지금을 안일하게 넘기지 말고, 치밀하게 대비해서 어떤 역경에도 무너지지 않도록 준비해야 한다는 의미다. 당신이 어떤 일이 일어날 것을 걱정한다는 건, 앞으로 벌어질 어떤 일의 근거가 지금 있기에 걱정하는 것이다.

물론 '이번 달 매출이 떨어져서 걱정한다'처럼 지금 상황을 객관적으로 보면 알 수 있는 상황은 이해할 수 있다. 하지만 해결하는 게 두렵고, 스트레스받는 게 싫고 등의 이유로 문제를 회피하거나 괜찮다며 스스로 합리화해버리면 나중에 그 문제는 더욱 커진다.

마치 눈덩이처럼. 처음엔 작은 눈덩이였지만, 굴러갈 때마다 점점 커져 큰 눈덩이로 불어나게 된다. 지금 당장 그 일이 일어나지 않았으니 걱정하지 말라는 것은 말도 안 되는 이야기이다. 지금 걱정하고 있다면, 내가 왜 미래에 그 일이 일어날까 봐 걱정하고 있는지 현재의 나를 철저히 돌아보자. 내가 걱정하게 된 이유를 인식하고 개선해야 한다.

걱정하는 문제엔 해답이 있기 마련이다. 다가올 미래, 앞으로 벌어질 일들의 걱정거리에서 벗어나는 건 그저 도망치는 것에 불과하다. 도망친 곳에 낙원은 없다. 오직 낙원은 내 손으로 직접 일구어낸 곳에만 존재한다. 그러니 내가 통제할 수 있는 것들에 힘써라.

내가 쓰는 말, 내가 하는 생각, 무슨 일이 벌어졌을 때 보이는 나의 반응, 나의 선택, 나의 습관, 나 자신과의 대화, 내가 인식해야 할 것과 다른 사람을 대하는 방법 등 내가 통제할 수 있는 것들은 많다.

다가오지 않은 미래도 마찬가지다. 오직 나만이 미래에 있을 위험 요소들을 배제할 수 있다. 내 삶을 윤택하게 만들 기회는 바로 지금, 이 순간이다. 고개를 돌려 외면해서는 안 된다.

13.

잠이 부쩍 늘었다면
이것을 의심해보자

정신과 상담을 받던 친구에게 들은 이야기가 있다. 상담 중에 자기 증세를 말하는 데 의사가 묻더란다. "평소보다 잠을 많이 자지 않느냐"라고. 그러면서 잠을 많이 자는 건 피곤함과 다르게 깨어있을 때 마음이 힘들고 우울해서, 세상이 너무 힘들어서 도망치는 거라고 덧붙였단다. 우울하다면 불면증을 먼저 떠올렸던 내게 친구의 말은 꽤 충격적이었다.

만약 잠이 유난히 많이 늘었다면 우울증을 의심해 봐야 한다. 대개 우울증은 과거에서 비롯된다. 과거에 그랬으니 지금 개선될 리 없으며, 앞으로도 지속된 것이라는 잘못된 믿음에서 시작되는 무기력증이다. 그러나 지금 나의 노력으로 무언가를 바꿀 수 있다고 믿는 한 앞으로 잘 살아갈 수 있다. 바로 '희망'이 있기 때문이다.

하지만 과거의 삶이 불행했고 지금도 그러하니 앞으로도 변하지 않을 거라는 확신은 희망을 꺾는다. 그리고 어차피 변할 것이 없으니 아무것도 할 의욕도 생기지 않는다. 그렇게 무기력에 빠져들며 우울해지는 것이다. 마음이 지치고 힘들어서 세상으로부터 도망치는 중이니까.

사람들은 흔히들 착각한다. 우울증은 '죽고 싶을 만큼 힘든 마음'이라고. 아니다. 우울증은 '죽을 힘도 없을 만큼 무기력해진 상태'를 의미한다. 하고 싶은 것도 없고, 하기 싫은 것도 없는 그런 상태.

무언가를 하고 싶다는 건 아주 축복받은 일이다.

놀고 싶은 건, 밖에 나가서 놀 때 행복하다는 뜻이다. 친구가 보고 싶은 건, 친구와 함께 할 때 즐겁다는 의미다. 돈을 벌어 성공하고 싶은 건, 내 삶을 더욱 알차게 가꾸고 싶은 의지가 있다는 것이다. 하지만 그 어떤 것도 하고 싶은 의지가 없고, 무기력한 상태가 바로 우울증이다.

우울증은 극복해야 할 '마음의 병'이다. 이를 그냥 방치해서는 절대로 안 된다. 사고를 당해 팔이 부러지면 병원에 가 깁스를 하고, 살이 찢어져 상처가 나면 연고를 바른다. 그런데 왜 '마음의 상처'는 너덜너덜해져도 다들 외면하는 걸까? 유독 우리나라에서는 마음의 병을 숨겨야 하거나, 이야기한다고 해도 '엄살'이라는 식으로 말하며 핀잔을 주는 일이 많다.

마음의 병도 엄연히 병이다. 물론 이를 핑계로 모든 걸 합리화하거나 자신의 나태함을 변명하는 도구로 쓰는 건 안 된다. 만약 지금 마음의 병을 앓고 있다면 제대로 직면해서 고쳐야 한다.

앞으로 나아가기 위해서는 스스로 자신을 잘 알아
야 한다. 자기 마음의 소리에 귀를 기울여 내 마음이
어떤 아픔을 겪는지, 또 어떻게 대처해야 하는지를
알아가며 자기 자신과 제일 친해져야 한다. 자기 자
신과 친해지는 시간과 노력이 쌓인다면, 어느새 우울
감은 사라지고 희망 가득 찬 상태로 하루하루를 기
대감에 부풀어 살아가는 자기 모습을 볼 수 있을 것
이다.

14.

극진 정신으로 이겨내라

모든 인간은 죽는다. 인간의 삶은 유한하기에 시대를 막론하고 목숨은 가치를 매길 수 없을 만큼 소중하다. 그런데 한 통계에 따르면 전쟁이나 불의의 사고로 죽는 사람보다 '돈 때문에' 죽은 사람이 더 많다고 한다. 우리는 이토록 무서운 자본주의 사회에서 살아가고 있다. 자본주의 시스템에서 벗어날 수 없으며, 안일한 태도로 사는 순간 무서운 속도로 돈이라는 적이 내 삶을 잠식한다.

인생에서 성공을 거머쥐고자 성취를 쌓아가는 사람들에게 안일함과 게으름은 달콤한 유혹이다. 물론 자기 삶에 만족하면서 행복하게 살기를 바라는 사람들도 있다. 그들의 삶 또한 존중한다. 내가 이야기를 건네고 싶은 사람은 자본주의 사회에서 충분히 이룰 수 있는 것들에 욕망을 가진 이들이다.

휴식은 달콤한 성전이다. 잠시 쉬어가는 것으로 생각하겠지만, 영원히 머무르게 될지도 모른다. 내가 멈춘 사이 남들은 갖은 수단으로 앞서 나가려고 하고 있다. 적당한 휴식이 아닌 필요 이상의 휴식이 되면, 그건 자신에게 게으름을 허락하게 된 셈이다.

나는 극진(極眞)가라데를 좋아한다. 특히 극진가라데의 창시자인 최배달의 말에 꽂혔다.

'오른손이 안 되면 왼손을 사용해라.'
'손이 안 되면 다리를 사용해라.'
'그것이 안 되면 머리를 사용해라.'
'그런데도 안 되면 저주해서라도 이겨내라.'
'그것이 바로 극진이다.'

최선이나 노력을 이야기할 때마다 나는 이 말을 떠올린다. 내가 정말 노력하고 있는가? '최선'이란 내가 할 수 있는 모든 걸 하는 것인데, 과연 나는 내 한계를 넘어 최선이라 부를만한 '최선'을 다하고 있는가? 성공은 그런 이들에게 쟁취되는 것인데. 함께 생각해보자. 우리는 최선을 다했다고 말할 자격이 있는가? 혹시 시간만 보내놓고 '나는 노력했어'라고 생각하며, 그럴싸한 말로 남들에게 포장하고 있지는 않았는가.

오랫동안 앉아 있는 시간은 누구라도 할 수 있다. 좌절의 순간 없이 '같은 방향'으로 가고, 그저 그런 결과물을 내놓는 건 누구라도 할 수 있다.

그저 '할 수 있다'라고 믿거나 머릿속의 위대한 상상만 할 게 아니라, 인생이란 실전에서 내가 얼마큼 목숨까지 걸며 살았는지 되돌아보자. 인생은 누가 살아주는 게 아닌 스스로 살아가야 하니까. 그 결과에 따른 책임은 스스로 져야 하는 각박한 세상에서 살고 있으니까.

위로와 휴식이 필요한 순간은 분명히 존재하지만, 그것이 삶의 전부가 되어선 안 되듯이 말이다. 내가 노력하고 개척해야 할 건 시간을 들여가며 묵묵히 하자.

15.

성숙하게 살고 싶은
당신을 위한 조언

●

  우리는 태어나 죽을 때까지 성장한다. 많은 경험을 통해 더욱 성장해나가고, 그만큼 성장통을 겪은 후에야 비로소 성숙해진 자신을 만나볼 수 있다. '성장'과 '성숙'은 비슷하지만, 그 뜻은 사뭇 다르다. 어린아이가 어른이 되면 성장한 것이고, 그 어른이 깊이 생각하는 모습이라면 성숙한 것이다. 모든 사람은 성숙기를 거쳐 성장한다.

당신은 지금 올바른 성장과 성숙의 과정을 거치고 있는가? 성숙하게 살고 싶은 당신에게 필요한 조언을 주고 싶다.

첫째, 주시하되 대범하라

삶을 살아가는 우리는 많은 사람과 관계 맺고, 다양한 상황을 접한다. 간혹 예상치 못한 일로 어려움을 겪게 되기도 한다. 이때 필요한 건 모든 상황을 잘 주시하되 대범하게 행동하는 것이다. 항상 주시하라. 정확히 이해하라. 굳이 부정적이고 불쾌한 일에 매달릴 필요 없다. 소심하게 말하고 소극적으로 행동해서도 안 된다.

평소 자신감 있는 행동과 자기 의사를 정확히 표현하면 설령 미움받는 일이 생겨도 나중에 미련이 남거나 후회할 일은 없다. 주의할 건 민감하게 반응하며 주시하는 건 좋지만, 자칫 나의 마음을 갉아먹어서는 안 된다. 나를 파멸로 이끌 만큼 예민해지지 않으려면 어느 정도 적당한 둔감함도 필요하다.

그러나 행동할 때는 확실하게, 대범하게 움직이자. 이런 당신의 눈썰미와 자신감 넘치는 태도는 주변 사람들에게 좋은 평판을 얻게 한다.

둘째, 자화자찬은 하면 할수록 이득이다

여기서 말하는 자화자찬(自畵自讚)은 무의미한 자랑이나 허세를 의미하지 않는다. 모든 사람이 당신의 가치를 알아봐 주면 좋겠지만 실상은 그렇지 않다. 언젠가 알아주기만을 기다리며 '왜 사람들은 몰라볼까?' 생각해봐야 아무 의미 없다.

때로는 남들에게 대놓고 나를 알리며 어필해라. 내가 하는 일에 대한 자부심을 먼저 다른 사람에게 들려주면, 오히려 나에 대한 좋은 기억이 더 오래도록 남을 것이다. 남이 칭찬해주면 좋겠지만, 때로는 과감하게 나에 대해 이야기할 줄 아는 건 좋은 습관이다.

셋째, 약점을 보완 못 하면 상생하라

누구에게나 강점과 약점이 있다. 우리는 강점을 통해 기회를 낚아채고, 약점을 통해 위기에 놓이게 된다. 아무리 강점이 뛰어나다고 할지라도, 내가 가진 약점 때문에 실패하고 씻을 수 없는 상처를 만들 수도 있다. 친구든, 배우자든, 동업자든 당신과 상생하면 시너지를 낼 수 있는 사람과 함께하라.

넷째, 속임수 쓸 바에는 정직하라

약간의 과장은 할 수 있어도 아예 거짓이면 안 된다. 실수와 무례함을 끼쳤으면 정직하게 사과를 하는 게 맞다. 정직한 사람이 속임수를 쓰는 사람보다 낫다. 정직함은 노력의 축적으로 결과를 만들지만, 속임수를 반복하다 보면 겉 포장은 화려해도 막상 내용을 보면 아무것도 없는 경우가 많다.

나를 무의한 것으로 채우려 하지 말고, 그걸로 다른 사람에게 피해를 주지 말자. 스스로 아무것도 없다는 생각이 들수록 정직하게 노력하자. 인생은 결과의 축적이 말해주며, 그 기반은 노력이다.

다섯째, 마음의 여유는 나만의 흐름을 만들어 낸다

마음이 평온하고 여유 있는 사람은 이리저리 휘둘리지 않는다. 믿을만한 근거를 만들어내거나 나에게 유리한 환경을 조성하는 건 좋은 방법이 될 수 있다. 나는 흔히들 말하는 '근자감(근거 없는 자신감)'을 '근거 있는 자신감'으로 해석한다. 내가 어떤 상황에서도 흔들리지 않으려면 근거 있는 자신감이 있어야 한다. 마음의 여유를 잃어버리는 순간, 평정심이 흔들리기에 섣부른 판단과 행동을 할 수 있다.

여섯째, 항상 유쾌함을 가져라

유쾌한 사람은 그가 하는 말 한마디가 분위기를 좋게 만든다. 특히 주변 사람과의 관계에서도 좋은 인식을 줄 수도 있고, 진중한 얘기를 하다가도 적절한 농담 한마디를 하면 잠시 웃고 지나갈 수 있게 긍정적으로 기억될 수 있다. 충고는 그 내용이 아무리 좋아도 기분 나쁠 수 있지만, 재치 있는 농담은 나의 말 내용에 '플러스알파'를 더해준다.

이는 인생을 대하는 태도에서도 중요하다. 힘든 일이 있고 무너질 것 같아도 유쾌함을 잃지 않으면, 자신에 대해 연민을 가질 일도 없고, 불행하다고 생각할 일도 적어진다. 그대여 항상 유쾌함을 가져라.

16.

이 책

낯부끄럽지만,
한 음절 한 음절 소리 내 읽어본다.
네가 내 목소리를 집중해서 들어주면 좋겠다.
우리가 어느덧 하나의 여정을 함께 했다는
생각이 들었기를 바라며.

닫는 말

살아가다 보면 밑도 끝도 없이 좌절의 순간이 찾아온다. 시간이 모자란다. 꿈은 멀어진다. 도움의 손길은 없다. 체력은 바닥이다. 한계가 찾아온다. 마음은 무너진다. 무기력은 그렇게 나를 점점 잠식한다. 살아가면서 죽고 싶었던 순간이 한두 번이 아니다. 삶은 선물이라고 하지만, 그것을 느끼기에는 벅차다. 하루하루가 고통스러웠으니까.

부모님으로부터 자립하여 살아가는 지금은 어른이 된 것 같은데도 다시 어린 시절로 돌아가고 싶을 때가 한두 번이 아니다. 삶이 적성에 안 맞는다. 그럴 때마다 《귀멸의 칼날》이나 《나의 히어로 아카데미아》 같은 소년 만화를 즐겨 본다. 킬링 타임(Killing-time)처럼 시간을 때우려고? 혹은 쌓인 스트레스를 풀기 위해서? 모두 아니다.

현실은 잔인하고 삶은 녹록지 않기에 누구나 성장할 수는 없지만, 만화 속 그들만큼은 작가의 의도대로 착실하게 성장해나가니까. 그들의 성장을 보고 있으면 나 또한 가슴에 열망이 차오르기에 소년 만화를 본다.

"마음을 불태워라, 한계를 뛰어넘어!"라고 외치는 《귀멸의 칼날》 속 렌고쿠 쿄주로. "플루스 울트라(Plus Ultra)!"를 외치는 나의 히어로, 아카데미아 올마이트. 마음을 불태우란 말이나 한계를 뛰어넘으라는 말은 직관적으로 알 수 있는 말이니 그렇다고 해도, 도대체 '플루스 울트라'가 무슨 말인가 하고 그 의미를 찾아본 적이 있다.

스페인의 국기를 보면 양쪽에 헤라클레스의 두 기둥이 있는데 이 기둥에 묶여 있는 리본에 라틴어로 'PLUS ULTRA'라 적혀있다. '이상을 향해서', '보다 더 멀리 나아가다'라는 의미다.

스페인은 원래 서구에서 '땅끝 나라'라는 인식과 더불어 저 너머에는 낭떠러지만 있다는 인식이 있었다. 그래서 '더 멀리는 없다'라는 뜻의 'nec plus ultra'이었지만, 신성로마제국의 군주였던 카를 5세가 한계의 수식어인 'nec'를 빼고 자신의 좌우명으로 삼았다. 즉 한계를 뛰어넘는 것을 자신의 좌우명으로 삼은 것이다.

어떤 소년 만화든 공통적인 특징이 있다. 바로 자신의 한계를 뛰어넘을 때 진정으로 성장한다는 것이다. 누군가보다 대단한 사람이 되는 것보다 내가 느꼈던 나의 한계를 뛰어넘을 때 그 어떤 성과보다 눈부신 성장으로 취급받는다. 왜일까? 후천적인 강함이란 곧 결과의 축적이다.

내 하루하루가 나날이 쌓여 축적되고, 나는 이전의 나보다 한층 나은 사람이 되어간다.

하루는 티끌처럼 미세하지만, 세월은 그보다 길다. 우리에게는 매 순간 기회가 주어진다. 그저 그 사실을 잊고 있을 뿐.

나는 낭만이라는 단어를 썩 좋아한다. 유치해 보일지는 몰라도, 촌스러운 취향일지는 몰라도 앞에서 말한 것처럼 가슴에 불씨가 작아질 때 소년 만화를 본다. 그들의 타오르는 불씨 옆에 내 마음의 장작을 갖다 놓는다. 그 열망의 불꽃이 옮겨붙으라고. 목숨을 걸고 히어로가 되기 위해, 평화의 상징이 되기 위해 피를 토하는 최고의 히어로 올마이트, 자신보다 약한 이들이어도 미래의 가능성을 믿고 자신을 희생하는, 마음을 불태우고 한계를 뛰어넘는 렌고쿠 쿄주로.

만화 속 이야기를 보고 얻는 메시지 따위가 무슨 의미가 있느냐 싶을 수도 있다. 하지만 만화 속 주인공들도 모두 시련과 좌절을 겪는다. 그런데도 포기하지 않기에 자신이 원하는 바를 이룰 수 있고. 현실에서 현실만 보며 살아가는 것도 잘못된 것은 아니다.

하지만 그 너머의 무언가를 보지 않고는 살아갈 수 없는 이들도 더러 있다. 이상을 보며 희망을 품고 살아가는.

나는 오늘도 한계를 뛰어넘기 위해 나 자신의 허들을 넘는다. 숨이 턱 끝까지 차올라도 괜찮다. 나는 내 인생을 구할 수 있는 유일한 히어로니까.

사랑하는 나 자신에게

가장 사랑하고 잘 해줘야 하는 나이지만, 남들 때문에 정작 나 자신을 사랑하지 못하기도 합니다. 나 자신에게 솔직해지고, 있는 그대로의 내 마음을 고스란히 담아주세요.

....

....

....

....

....

....

....

....

....

사랑은 언제나 허리케인

데카당스(Decadence) 문학의 대표 문인이자 대표
작 《인간 실격》으로 세계적 명성을 떨친 작가 다자이
오사무(Dazai Osamu). 그의 또 다른 대표작인 《사
양》에는 다음과 같은 인상 깊은 구절이 나온다.

"사랑이라고 쓰고 나니 아무것도 쓰지 못하겠다."
"나는 확신하고 싶다. 인간은 사랑과 혁명을 위해
　태어났다."

　나는 그의 강렬한 사랑에 대한 태도에 매료됐다.
왜일까? 사실 어떻게 봐도 시시한 인생이다. 몇천만
년 전에 비해 인류가 눈부시게 발전했든, 과학기술
이 무궁하게 발전하든, 인간은 어차피 시시하게 죽어
간다. 시공간에 대한 공식을 아무리 깊이 있게 이해
해도 우리 인간이 초월할 수 있을 것 같지 않으며, 이
세상에 대한 모든 비밀을 이해한다고 해도, 삶이 끝
나는 두려움을 이겨낼 수 있을 것 같지도 않다.
　모두 이유도 모르고 태어나, 이유도 모른 채 죽어
간다. 이는 당연히 떨쳐내기 어려운 수준의 두려운
영역이지만, 그런데도 내가 '시시하다'라고 표현하는
이유는, '다 거기서 거기'라는 의미이다. 어마어마한
부를 축적하고도 가져가지 못한 파라오가 피라미드
를 태양에 닿게 쌓는다고 해도 무슨 의미가 있을까?

시시한 인생이다. 가끔은 이대로 죽어버릴까도 싶다.

그러면 그다음에 인간은 어떻게 되는가? 자극을 찾는다. 각종 자극으로부터 그나마 세상을 살아가는 재미를 느낀다. 그것이 무엇이든 상관없다. 순간 '내가 죽어간다'라는, '인생이 끝나간다'라는 고통에서 벗어날 수만 있다면 인간은 무엇이든 할 수 있을 것이다.

그런 맥락에서 나는 반송장이나 다름없는 인간이었다. '얼마나 살았다고?'와 같은 질문은 의미가 없다. 인간 각자의 삶의 지표는 너무 다르므로. 난 철들기 전 어린 나이부터 너무 많은 자극에 노출돼있었고(삶의 불행에 있어서), 산다는 건 고통이라고 느낀 적이 많았다.

한 끼 음식을 먹는다면 산해진미를 먹던, 김밥 한 줄로 조촐하게 때우든 '배만 채우면 된다'와 같은 논리로 '어떻게 살든 삶이 큰 의미를 부여하지 않는다'라고 생각했다. 화려하든 이대로 살든.

그런데 언젠가 사랑이 찾아왔다. 사랑이 찾아오고 나서야 내 삶 곳곳에 '사랑이 있다'라는 걸 깨달았다. 살아갈 때 필요한 건 자극이 느껴지지 않을 때마다 또 다른 자극을 주는 것들을 찾아 헤매는 것이 아니라, 내가 받는 사랑을 온전히 보존하는 일이라는 것. 어떻게 확신할 수 있냐고? 자극적인 것들은 갈수록 자극이 적어진다. 흔히 내성이 생긴다고들 한다. 더 이상 자극적인 것이 자극적인 것이 아니게 되는 것이다.

그러나 사랑은? 사랑하는 이에 대한 사랑이 평생을 가기도 하고, 몇 번을 새롭게 시작한들 설레기는 매한가지며, 몇 번을 반복하여 끝을 내도 공허함을 달랠 수가 없다. 대체품이 없다. 그렇다. 인간은 사랑하기 위해 사는 것이다. 다른 자극들은 그저 사랑과 사랑 사이 틈새의 상비품일 뿐. 사랑이야말로 인간 삶의 진정한 목적이요, 혁명이다.

나를 낳아주고 길러주신 부모님에 대한 사랑에 권태가 있던가? 오백 년을 살아도 부모님에 대한 사랑은 권태가 없기에 나를 떠나가게 되는 날, 하늘이 무너질 듯이 오열할 것이다.

새로운 사랑이 찾아올 때 가슴이 설레지 않은 적이 있던가? 천 년을 살아도 새로운 이성이 마음에 들어온다면 교제하기 위해 온갖 구애를 할 것이다. 설령 천 명의 이성과 교제하며 만나고 헤어지기를 반복한다면 이별하는 순간에 완벽하게 힘들지 않을 수 있을까? 분명 천 번째 이별에도 부서지는 가슴을 붙잡고는 그리움에 돌아와달라고 울부짖을 것이다.

만약 인간의 수명이 천년이라면, 나중에는 친구와 노는 것이 지겹겠는가? 분명 "그거 기억나지? 왜 네가 삼백 년 전에 술 취해서 말이다"라고 웃고 떠들며 박장대소할 것이다.

사랑의 대상이 바뀔 수 있을지는 몰라도, 사랑의 감정이 인간으로부터 시시해질 일은 절대 없을 것이다. 사랑하며 살아야 한다. 사방에 사랑을 흩뿌려야 한다. 당신의 삶에 사랑이 가득하기를 바란다.

사랑은 언제나 허리케인이다.
우리 삶을 통째로 뒤흔드는.

"사랑해"

I love you (아이 러브유)

我爱你 (워아이니)

あいしてる (아이시떼루)

Je t'aime (쥬 뗌므)

Я Вас Люблю (야바스류블류)

Ich liebe dich (이히리베디히)

Ik hou van jou (이크하우반야우)

Ti amo (띠아모)

Gosto muito de te (고스뜨무이뜨드뜨)

Te qiero (떼끼에로)

S'agapw (사하보)

Szeretlek (쎄레뜰렉)

Te iubesc (떼이유베스크)

Wuhibbuka (우히부카)

इश्क़ लड़ाना_क़ (이스크에나나)

Mahal kita (마할키타)

toi yeu em (또이이우엠)

Mi amas vin (미아마스빈)

내가 그대를 사랑합니다

초판 1쇄 인쇄 2023년 2월 17일
초판 1쇄 발행 2023년 2월 24일

지은이	손힘찬(오가타 마리토)
펴낸이	떠오름
기획	떠오름, 김이새
편집	권희중, 권기우, 강윤지
디자인	당아, 신다겸
마케팅	고경표, 이민지, 김하나
영업관리	박현정

펴낸곳	㈜떠오름코퍼레이션
출판등록	제2021-000002호(2020년 4월 28일)
주소	서울특별시 성동구 왕십리로4길 23-1, 3층 301, 302호
전화	070-4036-4586 팩스 02-6305-4923
홈페이지	www.risebooks.co.kr
이메일	tteoreum9@nate.com

값 16,000원

ISBN 979-11-92372-30-3 03810